Teofrasto

I0683254

Complot En La Montaña

Por

Pedro Gerardo Bader
Fernández

Libro I

BLUE DEEP PUBLISHING

Library of Congress Cataloging-in-
Publication Data Pedro Gerardo Bader
Teofrasto Complot en la montaña (El Libro) / by
Pedro Gerardo Bader.
p.cm.
ISBN-10: 0-9971697-0-2
ISBN-13: 978-0-9971697-0-6

"Este libro es una Saga de Ficción en homenaje a
la vida del Médico-Alquimista Theophrastus
Phillippus Aureolus Bombastus von Hohenheim.
No es un recuento histórico, noticioso o
documental. Aunque inspirado por eventos reales,
algunos personajes, diálogo e historias que
aparecen en este libro son ficticios."

AGRADECIMIENTOS

Al Absoluto Dios Gracias por permitirme
escribir, por regalarme la gracia de la
imaginación. A mis maravillosos Padres
Juan Carlos Bader y Francisca Rosa
Fernández... Gracias por darme un mundo
lleno de amor, de sabiduría, respeto,
honradez, una vida poblada de aventuras,
que hicieron de mi lo que soy.
A mis Hermanos Juan Carlos, Mirta Rosa,
Graciela Mónica, no encontraría mejores
hermanos.
A mi Esposa Gloria, gracias por cobijarme
bajo las cálidas alas de tu Amor, por creer
en mí, y por tu Fe en mi trabajo y tu apoyo
incondicional, por ser mi gran Amor y mi
gran Amiga en este bello camino de la vida.
A mis otros Papás Porfirio Ramírez y Gloria
Tejeda... a nuestra querida Ambrosia
Hernández, y a mis hermanas Lidia del
Carmen, Liliana Soledad, Rubén Jacobo
que desde que llegué de mi natal Argentina
abrieron las puertas de sus vidas para
regalarme un lugar en sus corazones y
hacerme sentir en casa.
A mis hijos Emanuel Gerardo, María
Marta, Carla Antonella, Lionel Alfredo, los
motores de mi vida.
A todos mis tíos queridos Antonia, Dina,
Lola, Tonona y Miguel Fernández por parte

de mi Madre; y Rima, Coca, Genoveva y María Bárbara Bader por parte de mi Padre. A mi prima Nidia Rujana y Jairo Fonseca. A toda mi Familia Paterna y Materna que es mucha y casi tendría que escribir otro libro para mencionar a cada uno, son los que siempre han estado ahí, apoyando mi trabajo y mi Carrera con su Fe y motivación. A mis sobrinos queridos, María Alejandra, Leila y Carlitos Luciano Bader, Patricio y Emiliano Castro, Leonardo, Xiomara y Aldana Nieva. Y a esas tres luces de Amor que llegaron a nuestra vida mis sobrinos Antonio Enrique y Yuliana Gloria Jacobo y Roberto Emilio Vázquez, fortaleciendo mi Corazón y haciéndome sentir muy querido. A mi gran amigo de la infancia y de mil aventuras, Roberto Rodríguez (Cepillo). A mis amigos incondicionales,... Gracias... Lupita y Jorge Galán, Lic. Steve Eyre, C.P. Alfredo Arce, René Loperena, René Reynoso, Ing. David Horta, Dr. Jorge Valdez, Lili y Carlos Gutiérrez, Francisco Silva, Luis Rodríguez "Malambo", Daniel y Jorge Raffone, Estela y Ana Belascuain, Maestra Nena Cejas, Macedonia, Francisco Curiel, Adán "Chalino" Sánchez, Jorge Prajín, Oscar González, León Fregoso, Olga González, Daniel Vilá, Lic. Cristina Pérez, Angélica López, Bárbara Eugenia, Alicia Alonso, Gloria Hernández, Dalila Hudson, Blanca

Charolet, Ricardo Charolet, José José, Cristian Castro, Salvador, Rosa, Dorian y Yesenia Villalta, Miguel López, Silvia Morales, Marisela Hernández, Jenny Hernández, Delfina Castaño, Alberto Castaño, Beco Rota, Abelardo Pulido, Graciela Carballo, Horacio Lanzi, Bochi Iacopetti, Leonel Alejandro Saavedra Duran, Ramón Díaz, Carlos Fúnez, Pedro del Solar, Gabriela Bottaro, Alberto Sandrini, Silvia Gramajo, Rodolfo Antonio Casen, Dr. Alejandro Almirón, Dr. Saúl J. Zavala, Dr. Raúl Torres, Rose Mary de la Rocha, Manuel Ituarte, Sra. Gertrudis y Walter, Néstor Benut, Catherine Pérez, Julio Díaz "Cuquino", Pipo Estofan, Elsa Barrionuevo, Cecilia Ache, Eduardo Murillo, Laura Villalobos, Martha Villalobos, Jorge Villalobos, Clayton, Timoteo "El Charro Negro", Salomón e Irais Pérez, Isabel Báez, Benjamín Valerdi, Hernán Quezada Escandón y Rosario Flores, Víctor Lerma, Beatriz Agúndez, Alejandrina Terríquez, Gaudencio Juárez, Miguel Jose Rujana, María Carlton, Ricardo y Maru Rojas, Susana López, Sr. William Maloney, Héctor Gómez, Rogelio Martínez, Aldo Rodríguez, Rocky Stevens, Franco Giordani,... y a Napoleón Beraza gracias por el libro me inspiró para escribir esta obra. Pedro Gerardo Bader Fernández

PRÓLOGO

Pedro Gerardo Bader Fernández, escritor prolífico que nace en la Ciudad de Concepción, Tucumán en la zona norte de Argentina.

Pedro Gerardo Bader Fernández comienza su historia en el mundo de la música en su natal Concepción, sus primeros pasos en la industria de la música fueron como Cantautor, poseedor de una gran voz y creador de varios éxitos musicales en su voz y en la voz de otros grandes intérpretes.

Posteriormente tras el estudio de disciplinas como fisiología, fonoaudiología y manejo de la Técnica Vocal desarrolla a través de los años las bases de su propia Técnica Vocal Profesional la cual ha impartido a los profesionales de la voz con grandes éxitos y aciertos.

El talento de Pedro va más allá de escribir una canción, de cantarla, de realizar una Técnica vocal... Pedro es polifacético, dueño una imaginación sorprendente, poseedor de un gran don entregado por DIOS para bendición a todos.

Esta obra titulada "Teofrasto" "Complot en la Montaña", de la cual he sido testigo día a día del asombroso desarrollo de esta gran historia de Ficción, en donde cada palabra y cada personaje ve la luz en la sorprendente imaginación de Pedro... Imaginación que va de un lado al otro creando historias mágicas con personajes eternos que nos tocan el alma y despiertan nuestro corazón de niños, personajes que se convierten en nuestros cómplices porque nos invitan a compartir su mundo para siempre.

Bienvenidos a este maravillosos libro y a este gran escritor, Pedro Gerardo Bader Fernández,... Para mi presentarlo es una gran orgullo y placer.

DIOS los Bendiga

Gloria España

RESUMEN

Teofrasto nace en la ciudad Suiza de Einsiedeln. Tras un parto de alto riesgo el niño queda al borde de la muerte, su padre, médico y brillante alquimista decide utilizar un elemento prohibido por las fuerzas de luz para tratar de salvar la vida de su hijo primogénito, este acto provoca la intervención del consejo de seres mágicos, después de juzgar el caso el consejo decide salvarle la vida a Teofrasto, pero con la irreversible consecuencia de transformar su estructura molecular para siempre, lo que lo convirtió en un ser mágico encapsulado en un cuerpo humano; ahora Teofrasto al tener ambas naturalezas es el eslabón que une a la humanidad con el mundo mágico, su destino está unido al de todos los seres que llevan la antorcha de la luz en su corazón... Pero para los oscuros él es un enemigo potencial.

El mal representado por una organización secreta que sólo busca apoderarse del mundo, realiza una alianza con los magos negros y los seres del inframundo para destruir a Teofrasto y truncar su destino, el objetivo de esta organización es someter a toda la humanidad.

Ahora la más grande concentración de seres divinos y elementales se dan cita en San Gotardo, sobre el puente del diablo la gran batalla por la vida... está a punto de comenzar.

TEOFRASTO

Libro I

La oscuridad de una noche sin luna, cobijó la singular llegada de dos misteriosos personajes a este mundo, se trataba nada menos que del mago Danther y su ayudante; la puerta interdimensional a través de la cual viajaron se cerró inmediatamente después que sus pies tocaron tierra, sin pérdida de tiempo se introdujeron en una de las solitarias casonas que poblaban el lugar, caminaron con sigilo para no alertar a nadie de su presencia y se dirigieron directamente a una de las recámaras, suavemente abrieron la puerta tratando de no despertar a quien descansaba en su interior, lentamente se desplazaron hasta llegar al fondo de la habitación; en la esquina derecha sobre una vieja cómoda se destacaba una carta... "24 de Septiembre de 1541" con letras remarcadas citaba el encabezamiento que Danther alcanzó a leer al iluminarla con la tenue luz de su lámpara, aparentemente la carta contenía los últimos deseos de un hombre que sin vida se encontraba tendido en la cama contigua, Danther se sentó a su lado le puso la mano en la cara y lentamente levantó su mirada diciéndole al ayudante.

- Aún su cuerpo está caliente... ¡El elíxir de prisa!

El ayudante presurosamente depositó tres pequeñas piedras de un color rojo púrpura en la mano de Danther, el mago de inmediato las introdujo dentro de la boca del misterioso hombre que yacía inerte, pasó tan sólo un breve instante y desde el interior del cuerpo sin vida a la altura del corazón, se visualizó una pequeña chispa de luz que por cada segundo que pasaba se hacía más grande, hasta que sorpresivamente se produjo una intensa emanación de energía seguida de un súbito desplazamiento de aire que estremeció todo el cuarto, luego lentamente el hombre que yacía inerte abrió sus ojos volviendo a la vida; Danther se acercó a uno de sus oídos y le dijo.

-Ya es hora maestro Teofrasto, debemos partir de inmediato.

Teofrasto todavía desconcertado le Respondió un poco contrariado...

- Porque interrumpen mi descanso, mi tarea en este mundo ya está concluida.

- Con el debido respeto que usted se merece maestro Teofrasto, pero su tarea apenas acaba de comenzar.

Respondió con total serenidad Danther, en seguida el mago le ofreció su mano, Teofrasto por un instante lo miró fijamente a los ojos el tiempo suficiente para darse cuenta que podía confiar en él, agarró con fuerza su mano y con la otra se tomó de su brazo para levantarse de la cama, luego salió de la habitación acompañado por el mago y su ayudante; caminaron hacia la puerta de salida de la casa y unos pasos después de cruzarla, sus cuerpos comenzaron lentamente a desaparecer, hasta diluirse por completo, como si pasaran a otra dimensión en medio de la noche...

Esta historia comienza cuarenta y siete años antes, una madrugada en uno de los tantos hogares de una apacible ciudad Suiza, cuando Wilhelm Papá de Teofrasto, escribía una carta que comenzaba diciendo... EINSIEDELN SCHWYZ SUIZA 10 de Noviembre de 1493... De pronto hizo una repentina pausa y por un momento se quedó pensativo mirando a través de la ventana el bello paisaje de los Alpes, cuando a sus espaldas escuchó la voz de Elizabeth la enfermera, que dijo...

- Elsa duerme Sr. Wilhelm y el niño también.

- ¡Fue una larga noche!, pero nació vivo... Gracias Elizabeth por toda su ayuda.

Respondió Wilhelm mientras abandonaba la mesa sobre la cual escribía su carta.

- Los nacimientos prematuros suelen ser complicados, pero su experiencia como Médico fue determinante Sr. Wilhelm.

 Comentó Elizabeth.

- Afortunadamente así fue, a propósito seguramente debe de estar usted muy cansada Elizabeth, después de tantas horas de trabajo necesita descansar...

Puede irse a casa, mañana la espero.
Dijo Wilhelm.

Elizabeth se disponía a marcharse cuando
de pronto se detuvo y preguntó.

- Sr. Wilhelm ¿cómo se llamará el niño?

A lo que Wilhelm respondió.

- Teofrasto... Se llamará Teofrasto.

- Es un nombre de mucha fuerza,
respondió Elizabeth, muy merecido para
alguien que luchó hasta el final para venir
a este mundo.

Wilhelm se quedó mirándola, esbozó una
sonrisa en señal de agradecimiento
mientras Elizabeth se marchaba; todo
quedó en un profundo silencio, Wilhelm
que caminaba con una ansiedad
contenida, detuvo su marcha, se quedó
pensativo mientras decidía que hacer, de
repente, entrar en su laboratorio parecía
ser algo muy difícil de lograr, finalmente se
decidió y cruzó la puerta; rápidamente se
dirigió a un gabinete del cual sacó una
cajita dorada que al abrirla contenía una

piedra de color rojo púrpura muy intenso como si fuera sangre, metió la mano para extraer la piedra y antes de sacarla titubeó, no estaba seguro si era correcto o no, finalmente hizo una mueca con su cara como diciendo "lo siento, pero no tengo otra opción" extrajo la piedra, la colocó sobre la mesa de prueba, se dispuso a cortar un pedazo de ella, cuando de un rincón, de entre las sombras, salió un pequeño gnomo llamado Zzipoo que le dijo...

- Que pretendes hacer con eso Wilhelm.

Entre sorprendido y ruborizado Wilhelm exclamó.

- Zzipoo!!!

Luego que se repuso del sobresalto Wilhelm comentó.

- Sabes que si no le doy esto al niño no sobrevivirá.

-Es ley de la naturaleza que sobreviva el más fuerte y tú lo sabes.

Comentó Zzipoo.

-Lo sé... Pero él es mi único hijo, las complicaciones y la edad de mi esposa tal vez no nos dejen tener otra oportunidad, por lo que en mi caso, este niño es el más fuerte, ¡no lo puedo dejar morir! Ya perdimos dos anteriores a él, creo que se justifica el uso del elixir.

- Comprendo... Llevaré tu caso ante el consejo, ellos nos dirán que hacer.

Comentó Zzipoo ante las palabras desesperadas de Wilhelm.

- Zzipoo... no hay mucho tiempo, debo administrarle la piedra hoy mismo de lo contrario morirá.

Agregó Wilhelm.

- De igual modo morirá si quebrantamos la ley, debes entenderlo Wilhelm.

Dijo Zzipoo.

- Tienes razón, no queda otra alternativa... Esto deja en tus manos la vida de mi hijo.

- Lo sé y haré todo lo que esté a mi alcance para que nos den una oportunidad...

Recuerda que al otro lado el tiempo es mucho más lento por lo que te ruego que tengas paciencia, lo lograré te lo prometo.

Con esas palabras llenas de esperanza partió Zzipoo hacia el mundo de los seres mágicos, un gran silencio cubrió nuevamente la casa del Sr. Wilhelm, pasaron ocho interminables horas; pero de improviso, desde un rincón en penumbras del laboratorio la imagen del mago Danther se hizo presente y su voz sorprendió a Wilhelm que se encontraba de espalda a él.

- Mi nombre es Danther, estoy enterado de su caso, Zzipoo fue muy convincente señor Wilhelm, por lo que decidí venir personalmente a verlo.

- Supongo que es enviado por el consejo, ¿tiene usted la autoridad para decidir si puedo usar el elixir para salvarle la vida a mi hijo?

- Soy quien preside el consejo señor Wilhelm... Estoy aquí porque en el caso de su descendencia las fuerzas de oscuridad han procurado por todos los medios evitar el nacimiento de sus hijos, pero al final usted venció... Sin embargo no se retiraron con las manos vacías como usted puede ver, dejaron a Teofrasto al borde de la muerte física.

Wilhelm evidenciando su desesperación e impotencia ante tanta injusticia exclamó.

- Porque a mí... En toda mi vida como médico no hice otra cosa más que ayudar a la comunidad y a las personas desvalidas a curar sus males.

Danther al ver que el punto de vista de Wilhelm estaba equivocado lo interrumpió diciéndole.

- No es por lo que usted ha hecho Sr. Wilhelm... Si no por lo que Teofrasto hará.

Cuando Wilhelm escuchó decir eso a Danther se le llenó de alegría el rostro y con gran entusiasmo le preguntó.

- ¿Quiere decir que sobrevivirá?

- Sí, pero antes debe usted saber que al administrarle la piedra filosofal al niño, no podrá volver a comer jamás comida preparada por manos humanas.

A Wilhelm se le vinieron abajo todas las ilusiones nuevamente, un tanto molesto y a la vez triste preguntó.

- Entonces... ¿De qué servirá salvarle la vida, si morirá de hambre de todas maneras?

Otra vez el desconocimiento de las verdaderas intenciones de Danther, hizo que Wilhelm viviera momentos de angustia y desesperación por lo que Danther le dijo.

- Esa es la razón por la cual tuve que hacerme cargo de este caso personalmente... Ya no es preciso que rompa su piedra filosofal, traigo la dosis exacta que deberá de administrarle al niño.

- Está bien, ¡pero de que se alimentará!

Danther ante la preocupación de Wilhelm mejor decidió actuar de inmediato y le dijo.

- Lléveme con el niño Sr. Wilhelm por favor.

Wilhelm al ver la determinación y la autoridad de Danther no tuvo más remedio que conducirlo hacia la habitación donde descansaban su esposa Elsa y Teofrasto, al entrar Danther fue directamente donde estaba el niño, lo encontró dormido dentro de una campana de cristal con signos de ictericia respirando con mucha dificultad, Danther posó su mano sobre la campana y se sorprendió al darse cuenta de que la campana estaba a temperatura corporal, lo que le llamó mucho la atención y decidió preguntarle a Wilhelm.

- ¿Cómo es que logró mantener la temperatura estable dentro de la campana?
Y a propósito... ¿Qué le hizo pensar que esto sería bueno para el niño?

La pregunta tomó totalmente por sorpresa a Wilhelm, como no tenía una versión corta del procedimiento que usó para hacer esto, decidió contarle con detalles cómo y porqué realizó este sistema de calentamiento.

- Bueno este aparato lo hice para ayudar a las gallinas en invierno, en esa época del año la temperatura aquí es muy baja y a veces los huevos no lograban ser empollados y se perdían...

Todo comenzó cuando hice un pozo para acumular las ramas y desechos de la madera que se preparaba para el consumo de la chimenea, tiempo después, en un día de lluvia vi que salía vapor del pozo donde estaba el montículo de desechos de madera, esto provocó mi curiosidad, bajé al pozo para investigar, pensé que la madera comenzaba a incendiarse pero mi sorpresa fue que en sí el vapor provenía de lo interno del montículo de desechos, cuando metí la mano dentro del montículo noté que estaba húmedo, pero el calor me quemó literalmente la mano y me sorprendí, fue entonces que me di cuenta que el proceso de descomposición de la madera generaba mucho calor el cual calentaba el agua de lluvia que había caído, cuando vi esto, tuve la idea de hacer pasar una tubería con agua alrededor del montículo de desechos como un espiral, el agua que está dentro de la tubería en contacto con la zona caliente llegaba a evaporarse por el excesivo calor, causando la circulación del agua por dentro de la tubería, la cual en principio calentaba los nidos de las gallinas, pero luego vi que podía servir para calentar la casa y cuando supe de la venida de Teofrasto hice llegar la tubería hasta el cuarto del niño haciéndola pasar por la base de silicio que está debajo de la cuna de madera calentándola, ese calor es contenido por la campana de cristal, así es como logré mantener una estabilidad en la temperatura.

- Ingenioso... Pero todavía no me dice porque pensó que esto ayudaría al niño.

Replicó Danther.

A Wilhelm se le llenaron los ojos de lágrimas y luego de un corto silencio con la voz un poco quebrada le respondió.

- Solo intuí que si lograba de algún modo recrear el ambiente cálido del vientre de su madre, él estaría mejor.

Danther bajó la mirada y asintió con la cabeza lo que Wilhelm acababa de decir, sin duda sus palabras mostraban al padre amoroso que era y muy preocupado por su niño, esto de alguna manera explicaba el por qué Wilhelm por amor a su hijo era capaz hasta de quebrantar las leyes establecidas por el consejo con el fin de salvarle la vida, sabiendo las consecuencias que un acto tan temerario como este podría acarrear para sí mismo; Danther comprendió su inmenso amor de padre, meditó todas estas cosas y luego con su mano derecha hizo un movimiento, la campana se elevó sola por el aire depositándose a un lado, caminó hacia la cuna tomó al niño entre sus brazos y colocó el dedo pulgar sobre el centro de su frente y exclamó...

- Con esta señal te reconocerán todos los seres mágicos de este mundo, por donde quiera que vayas Teofrasto, ellos te guiarán, te asistirán y te ayudarán en todo, desde ahora y para siempre.

Luego de las palabras de Danther una suave brisa surcó la habitación, de inmediato Danther le administró la primera dosis del elíxir y el niño en un instante cambió su color amarillo pálido a un saludable color rosado, Wilhelm todavía preocupado de cómo se alimentaría su hijo insistió en preguntar.

- Como deberemos cuidar de él.

En una pequeña caja de cristal con dos diminutas piedras de color rojo púrpura como rubíes, Danther hace entrega a Wilhelm del elíxir.

-Aquí tiene señor Wilhelm, estas son las dosis que deberá administrarle al niño...

La primera que usted le dará será en 23 días y la última en el día 40.

Pero eso no respondía a lo que Wilhelm quería saber, así que decidió ser más directo y le dijo.

- Si ¿pero mientras tanto que pasará, cómo se alimentará?

A lo que Danther ya un tanto apurado le respondió.

-El niño ahora entró en un sueño profundo, del cual despertará en la fecha en que usted deberá administrarle la próxima dosis del elixir, entonces yo volveré trayendo conmigo a quienes se encargarán de cuidarlo, sólo procure mantenerlo limpio y abrigado.

Wilhelm giró su mirada hacia donde estaba su esposa dando la espalda a Danther por un instante y dijo...

- Tendré que explicarle a Elsa todo esto cuando despierte...

Cuando Wilhelm se volvió hacia Danther él ya no estaba se había marchado, por lo que simplemente optó por sentarse en un sillón a contemplar a su hijo y a su esposa que dormían un sueño profundo y apacible, el peligro por lo pronto era cosa del pasado, hasta que el cansancio poco a poco fue cerrando los ojos de Wilhelm, quien también se durmió.

Al amanecer del día siguiente, Zzipoo parado en el reposabrazos del sillón, tiraba de la manga de la camisa de Wilhelm diciéndole en voz baja.

- Wilhelm, Wilhelm, despierta tienes que cambiar al niño ya es tarde ¡levántate!

Wilhelm abrió los ojos y al ver a Zzipoo se alegró mucho recibiéndolo con una sonrisa sobresaliente; ciertamente después de todo lo ocurrido la amistad entre ellos dos se había estrechado mucho más.

- Zzipoo!!! Amigo mío regresaste, han pasado muchas cosas que te tengo que contar...

Zzipoo no dejó que Wilhelm terminara la frase y lo interrumpió diciéndole.

-Estoy al tanto de todo Wilhelm, ¿se te olvida que soy un gnomo?

En ese preciso instante Elsa despertó y sorprendida vio a Zzipoo conversando con Wilhelm, pero no dio crédito a lo que estaba viendo, así que sonrió y se volvió a dormir, ellos nunca se dieron cuenta que Elsa los vio y continuaron hablando, Zzipoo preocupado un poco por los acontecimientos que se avecinaban le preguntó a Wilhelm.

- Ahora que vendrán muchos seres elementales para cuidar al niño que harás con Elsa.

- Ella va a tener que ser fuerte y enfrentar la verdad...

Respondió Wilhelm con una total serenidad, sin pensar que develar la verdad a Elsa escondía un riesgo digno de tenerse en cuenta, por lo que Zzipoo preocupado le preguntó.

- ¿Descubrirás nuestra existencia aquí, piensas que te creerá?

- Zzipoo... Ella me ama y sin duda ama a nuestro hijo, tendrá que creerme.

Zzipoo se quedó un poco pensativo y finalmente asintió con la cabeza y le dijo.

- Solo así, pues es como dices el amor todo lo puede, porque de otro modo... No podrá vernos.

Wilhelm al escuchar lo último que dijo Zzipoo hizo un alto a todo y ante la duda preguntó.

- No te entiendo a qué te refieres con eso de que no podrá verlos.

Zzipoo titubeó un poco pero finalmente le respondió.

-Bueno... ¿No sabías que si una persona no cree en los gnomos, en los silfos, en las ondinas, ni en las vulcanos, ni en ningún ser mágico jamás le será permitido verlos?

Wilhelm entonces comprendió la seriedad de lo que podría pasar si algo así sucediera, por lo que como si pensara en voz alta, comentó.

- O sea que si Elsa no me cree, ¿no podrá verte a ti, ni a ningún otro ser mágico?

A lo que Zzipoo muy solícito respondió.

- Cooorrecto... Espero que ella si te crea, porque de lo contrario cuando Danther traiga a Lara, con tooodo su sequito de ayudantes para atender al niño, Elsa comenzará a ver que los objetos se mueven de aquí para allá, que el niño flota solo en el aire y demás, ¿ahora me comprendes? ¡Lo más probable que suceda es que salga corriendo aterrada, sin entender que es lo que está pasando!

Wilhelm se sorprendió al escuchar por primera vez ese nombre, "Lara" y le preguntó a Zzipoo.

- ¿Y quién es Lara?...

Zzipoo se ruborizó porque se dio cuenta que cometió un serio error revelando el nombre de la responsable de los cuidados del niño y avergonzado le dijo a Wilhelm.

- Por favor Wilhelm no le comentes a Danther que yo te dije el nombre de la Ninfa que vendrá a cuidar al niño, por favor, prométeme que no se lo dirás, por favor, por favor prométemelo, ¡prométemelo Wilhelm!

Wilhelm al ver la aflicción de Zzipoo por su indiscreción, tuvo una idea que le sería de sumo provecho por lo que le respondió así.

- Mmm... está bien... pero sólo con una condición.

- ¿Cuál?

- Que de ahora en adelante, hasta que esa Ninfa llegue aquí, tú te encargarás de cambiar al niño, todas las mañanas.

-¿Yo?... No, no... No es justo, ¡no es justo!!!

Wilhelm al ver la negativa de Zzipoo a cumplir con la condición que le estaba proponiendo, decide emplear una sutil táctica persuasiva diciéndole.

- Bueno entonces, el primer nombre que saldrá de mi boca cuando vuelva Danther será, ¡Lara!

Zzipoo al ver que Wilhelm estaba decidido a desenmascararlo ante Danther si no aceptaba su propuesta, finalmente le dijo.

- ¡Está bien, está bien, tú ganas, tú ganas!

- Bien.

Respondió Wilhelm, luego se levantó del sillón y se marchó, tarareando bajito una melodía que decía más o menos así.

- Laaara, Lara, Lara, lalara, lalara, Laaara, lara, lara, lalara lala.

Zzipoo se puso rojo de coraje, no aguantó y a través de un pase mágico hizo que Wilhelm se tropezara, Wilhelm miró hacia atrás para ver con que había tropezado y al ver que no había nada, sospechó que el responsable del supuesto accidente fue Zzipoo, Wilhelm le lanzó una mirada inquisidora, mientras Zzipoo disimulaba mirando hacia otro lado; Wilhelm optó mejor por marcharse, Zzipoo hizo lo mismo, pero antes volvió su rostro para ver cuando se alejaba Wilhelm y dibujó en su cara una sonrisa picaresca.

Mientras, en el mundo paralelo de los seres mágicos, Danther preparaba la venida de Lara, Ninfa nodriza y un pequeño grupo de ayudantes, entre los cuales se encontraban Nizza una gnomo amigable, creadora de los platillos y postres más irresistibles, Bendith un hada muy maternal, Laila la ninfa mano derecha de Lara, Belucina un hada anciana de gran experiencia, persona de confianza de

Danther, finalmente Anjana quien es un elfo y Doto un gnomo de los ejércitos de aire y tierra respectivamente.

En el jardín central de la sede del consejo de los seres mágicos, Danther y Lara sostenían una última conversación antes de emprender el viaje hacia la dimensión terrenal.

- Pronto partiremos a Malkuth debe tener todo listo Lara.

Comentó Danther mientras caminaban, a lo que Lara respondió con total seguridad.

- Todo el grupo que vendrá conmigo está listo y al tanto de todo Danther.

- Bien, no preciso decirle que es un lugar difícil y que hay que andar con cuidado.

Hizo énfasis Danther.

- Lo sé estuve observando todo y surgieron muchas dudas en mi mente, quisiera que usted me ayudara a clarificar con su punto de vista las cosas.

- ¡Por supuesto, la escucho!

- ¿Por qué es tan importante el humano, que usted se toma tantas molestias?

- Lara, antes que nada debe saber que él ya no es completamente humano.

- ¿Exactamente a qué se refiere?,

Preguntó Lara.

- A que es parte de nuestra esencia.

Respondió Danther.

Cuando Lara escuchó lo que dijo Danther su confusión se hizo mayor, lo que dio pie a una nueva pregunta aclaratoria.

- ¡Como puede ser si nació de una mujer!

Danther, al ver que Lara desconocía esta parte de lo acontecido con Teofrasto decidió explicarle brevemente.

- Para salvarle la vida al niño, se le tuvo que administrar la piedra filosofal, su estructura molecular dejó de ser la misma, se convirtió en un ser sutil como nosotros, sólo que encapsulado en un cuerpo humano, por lo que ya no podrá asimilar alimentos hechos por manos de hombre, ni nada en su vida será normal, es la razón porque deberán cumplir con esta misión.

- ¿Cuál es su nombre? preguntó Lara.

-Teofrasto...

Lara guardó silencio por un momento como asimilando la información que Danther le acababa de proporcionar, luego Preguntó.

- ¿Además de la alimentación del niño, con qué otras cosas tendremos que lidiar?

- Seguramente con fuerzas de oscuridad.

Dijo Danther.

- Dijo, ¿fuerzas de oscuridad?

Preguntó sorprendida Lara.

-Por ello es que tendrán el apoyo de Anjana y Doto.

Comentó Danther.

-Tengo una pregunta más.

Comentó Lara.

-¿Cuál es exactamente la misión de Teofrasto en el mundo de Malkuth?

–Ayudará substancialmente liberando a la humanidad de los viejos conceptos equivocados en el arte de curar de los hombres, a lo que ellos llaman medicina e incorporará el uso de medicamentos hechos de la unión de las esencias de las plantas y de los minerales, por primera vez de su mano se practicarán nuevas técnicas de cirugía y la aplicación de la protoquímica para ayudar a los enfermos como es debido y será gracias a él.

Respondió Danther

- ¿Gozará de fama y riquezas?

Preguntó Lara.

- Sus conceptos en gran parte estarán basados en el arte de la alquimia y en los principios de la medicina universal, por lo que no podrá probar ante sus colegas sus métodos, para no descubrir el secreto alquímico ni el de la medicina universal, pero la eficacia de sus prácticas serán notables, por esto, será víctima de críticas y agravios, de falsas acusaciones por parte de colegas, charlatanes y detractores, que lo querrán muerto o en la miseria absoluta, muchos de ellos están al servicio de las fuerzas oscuras, esta será nuestra misión, mantenerlo a salvo de todos los ataques por parte de sus enemigos.

- Entiendo, será una dura tarea.

- Así es Lara.

Mientras, en el mundo de los humanos... Elsa acababa de despertar.

- Wilhelm... Wilhelm.

Wilhelm al oír el llamado de Elsa acude presuroso a la habitación donde ella descansaba, al llegar le dijo.

-Amor buenos días, que bueno que despertaste, todo salió muy bien, el niño aún duerme, ¿cómo te sientes?

A lo que Elsa le respondió.

- Un poco dolorida, pero bien... Hace un rato desperté pero creo que aún deliraba, porque vi un hombrecillo parado en el reposabrazos del sillón conversando contigo, mejor me volví a dormir.

Wilhelm de manera muy espontánea soltó una carcajada, y dijo.

-No me digas que viste a Zzipoo cuando conversaba conmigo.

A lo que Elsa sin saber quién era Zzipoo le preguntó.

- ¿Zzipoo... Quién es Zzipoo?

- No te preocupes, hay mucho que contarte, pero ahora vas a comer para que repongas fuerzas y cuando te sientas mejor conversaremos y te contaré sobre Zzipoo.

En ese momento sonó la campana de la puerta que da a la calle.

- Permíteme, alguien llama a la puerta.

Le comentó Wilhelm a Elsa; al abrir la puerta Wilhelm se encontró con Elizabeth que venía a reintegrarse a su trabajo.

- ¿Cómo está Señor Wilhelm?

- Adelante Elizabeth, bienvenida.

- ¿Cómo siguen Elsa y el niño?

- Mucho mejor gracias... Elizabeth ¿podría preparar el desayuno para Elsa por favor?

- En seguida señor Wilhelm.

Wilhelm regresaba a la habitación donde estaba Elsa, cuando sale a su encuentro Zzipoo y en voz baja le preguntó.

- ¿Wilhelm qué haremos con Elizabeth?

- ¿A qué te refieres Zzipoo?

- Tendremos que deshacernos de ella.

A lo que Wilhelm un tanto confundido le respondió.

- ¿Porque lo dices?

- ¡Piensa!.. También tendrías que decirle a ella que nosotros estamos aquí.

- No te preocupes por eso Zzipoo ella sólo estará hasta que Elsa se recupere, seguramente en las próximas semanas partirá a Zúrich.

Respondió Wilhelm.

- Bueno, entonces no hay de qué preocuparse.

Comentó ya más relajado Zzipoo.

- De todos modos gracias por tu preocupación, ahora discúlpame debo ir con Elsa.

Dijo Wilhelm un tanto indiferente.

- ¿Estás enojado conmigo? Preguntó Zzipoo.

- ¡Porqué!, ¿debería de estarlo?

Respondió Wilhelm.

- No, no sé, digo.

Wilhelm vio el descaro de Zzipoo al escuchar su respuesta cargada de cinismo. Por lo que algo enojado le respondió.

- ¡Sí lo sabes! sólo que te haces el desentendido.

Zzipoo al ver que su amigo estaba sentido con él, le dijo.

- Está bien discúlpame, es que me enojé porque me pareció que intentabas burlarte de mí cuando te fuiste cantando, Lara, Lara.

- No sabes perder Zzipoo, que hubieras hecho si me caía y me lastimaba.

- Eso yo no lo habría permitido.

En ese momento Elsa desde la habitación le dijo a Wilhelm.

- Wilhelm, ¿con quién hablas?

Zzipoo puso una cara de sorprendido y de inmediato desapareció, Wilhelm por su parte acudió presuroso a la habitación con Elsa.

- Perdón cariño sólo repasaba en voz alta la lista de las compras.

Wilhelm, con el afán de no preocuparla... Le oculta la verdad inventándole una excusa.

- Pero yo escuché otra voz aparte de la tuya.

Replicó Elsa.

- Es sólo tu imaginación no te preocupes, pronto Elizabeth traerá tu desayuno, mientras tanto descansa.

- El desayuno Sr. Wilhelm.

Dijo Elizabeth.

- Gracias Elizabeth yo me encargo; bueno vamos a ver Elsa lo primero será ayudarte para que te incorpores un poquito.

Con la ayuda de Elizabeth, Wilhelm le colocó unas almohadas en la espalda a Elsa.

- Ya está... Aquí tienes tu desayuno, deberás comerte toda la comida para que pronto te sientas con fuerzas otra vez.

- Gracias Wilhelm eres un amor de hombre.

- ¡No me halagues demasiado porque me lo creeré!

Elsa desayunó con total tranquilidad y luego le preguntó a Wilhelm.

- ¡Wilhelm! ¿El niño cómo está?

- Está estable.

- Pregunto por qué no sé si le diste algún alimento ¡no llora para nada!

- Elsa, de eso te quería hablar, hay algo que debes saber, solo prométeme que me escucharás atentamente antes de hacer cualquier comentario.

- ¿Pasa algo malo con el niño?

Preguntó sobresaltada Elsa.

- No, No te asustes todo está bien, sólo que existen detalles que desconoces y son importantes.

-Entonces prometido no interrumpiré, ahora dime qué pasa.

Dijo Elsa.

- Hace muchos años que practico una nueva y secreta profesión que llegó a Europa por medio de un médico árabe, se llama alquimia, esta disciplina me llevó al máximo logro de un alquimista que es la gran obra, "La piedra filosofal universal" tiene el poder de cambiar en oro o plata cualquier metal común, también curar cualquier enfermedad del cuerpo, pero para esto es preciso ingerirla y cuando eso pasa recuperas de 25 a 50 años de vida y si la tomas muchas veces a lo largo de los años, la piedra acaba por hacer tu cuerpo inmortal, como supondrás eso provocó que los seres mágicos que están para cuidar y proteger los elementos en este mundo se acercaran a mí, para controlar de que yo no hiciera mal uso de este maravilloso elemento, por lo que enviaron a Zzipoo, el hombrecillo que viste conversando conmigo en el reposabrazos del sillón, él es un gnomo que vive aquí con nosotros, sólo que jamás te dije nada porque consideré que de ese modo te estaba protegiendo al no involucrarte, pero cuando nació Teofrasto algo no estuvo bien con su salud y en mi desesperación pensé en administrarle el elíxir mágico, pero Zzipoo me advirtió de las consecuencias de usarlo sin el consentimiento de las fuerzas de luz, así que él en persona se ofreció a exponer el caso ante el consejo para salvarle la vida a nuestro hijo...

Y así Wilhelm, fue enterando a Elsa con detalles de cada paso y decisión que hubo que tomar con el fin de salvar la vida de Teofrasto, Elsa a medida que Wilhelm relataba los sucesos expresaba su preocupación, apretando fuertemente con sus manos las cobijas que la arropaban o en ocasiones tomándose de la cabeza y a veces llorando, pero al final... Sonrió, Elsa giró su rostro y miró a su hijo con una ternura infinita y dijo.

- Quiero conocer a Zzipoo.

Zzipoo que estaba como siempre con sus oídos bien atentos a todo cuanto se dijera, salió de atrás de un espejo que estaba sobre la cómoda.

- ¡Aquí estoy!!!

- Zzipoo estuviste todo el tiempo fisgoneando, ¿verdad?

Preguntó Wilhelm con un tono coloreado de sarcasmo.

Elsa al verlo no pudo contener la risa, causándole un pequeño dolor en su vientre por estar todavía convaleciente del parto.

- Disculpa Zzipoo... no pienses que me burlo de ti, es un enorme gusto conocerte, gracias por ayudar a salvar la vida de mi hijo, siempre estaré en deuda contigo, eres bienvenido a nuestra casa, aunque sé que vives aquí, ya hace tiempo.

Le dijo Elsa.

- No lo consientas demasiado Elsa, luego se tomará atribuciones que no debe.

Dijo Wilhelm.

- Wilhelm, te creía mi amigo.

Replicó Zzipoo.

- Soy tu amigo, pero también eres demasiado amigable con los dulces, las galletas y el vino... ¿O me equivoco?

De pronto Elsa interrumpió diciendo.

- Bien entonces cuando me recupere, todos los días cocinaré unas ricas galletas para ti y podrás comer todo el dulce que quieras, pero eso sí, el vino estará controlado por qué no quiero que te envicies.

-Ya ves Wilhelm ella si sabe tratar a un gnomo como se merece ¡no como otros!

-Está bien Zzipoo no diré nada al respecto, yo también estoy muy agradecido contigo amigo, por todo lo que hiciste por mi niño.

Zzipoo visiblemente emocionado por las palabras que Wilhelm acababa de decir y con lágrimas en los ojos expresó.

- ¿Qué pretenden hacerme llorar?... Mejor me voy.

Zzipoo de pronto desapareció, Elsa un tanto preocupada preguntó.

- ¿Se habrá enojado con nosotros?

- No... Sólo que no le gusta demostrar sus sentimientos delante de otras personas, es un sentimental empedernido.

Se escucha en el aire la voz de Zzipoo que dijo.

- ¡Te estoy escuchando Wilhelm!...

Ambos, Elsa y Wilhelm soltaron una carcajada tapándose la boca, para no incomodar a Zzipoo.
Los días fueron transcurriendo, Elsa poco a poco fue recuperándose, cada quien fue regresando a sus tareas cotidianas, y como dijo Wilhelm, Elizabeth unas semanas después partió a Zúrich, la llegada de Danther se aproximaba... Pero uno de esos días, haciendo las tareas cotidianas del hogar Elsa estaba con Zzipoo, ahora su entrañable e inseparable amigo, en el patio trasero, precisamente en el lavadero; Elsa acababa de lavar una canasta de ropa, desde luego la ropa mojada pesa mucho y Elsa por su reciente parto no se quiso arriesgar a levantarla sola, así que le pidió ayuda a su amigo Zzipoo.

- De prisa ayúdame yo sola no puedo levantar esta canasta.

- Es que yo estoy muy pequeño y no podré.

- ¡Porque no usas tu magia!

Dijo Elsa.

- ¡No!, sólo puedo usar magia en casos de vida o muerte... Aunque pensándolo bien si trato de levantar solo a esta canasta, moriré... Mmm está bien, aquí va.

Zzipoo con su magia levantó la canasta llena de ropa mojada recién lavada, pero antes de que pudiera posarla en la mesa, algo la detuvo en el aire y no lograba hacer que la canasta baje por más esfuerzo que realizaba, un instante después poco a poco comenzó a materializarse una mano gigantesca que retenía la canasta, Zzipoo preocupado lanzó un grito.

- ¡No, no, no, no puede ser, me sancionaron, suspendieron mis poderes!

- ¿Pero por qué? si sólo me estabas ayudando con la canasta.

Dijo Elsa.

- Es que los guardianes son muy estrictos, justo hoy, justo hoy.

Comentaba preocupado Zzipoo.

- Y que de particular tiene hoy.

Preguntó Elsa.

- Es que mañana llegará Danther, con todo el equipo que viene a cuidar al niño.

- ¡Es verdad!, yo creo que se le olvidó a Wilhelm, mañana le toca la nueva dosis del elixir al niño.

Comentó Elsa.

- Lo que sucede es que si Danther ve la mano del guardia, preguntará quien utilizó magia sin autorización y si le miento, recibiré doble sanción.

Elsa contagiada de la preocupación de Zzipoo, también buscaba soluciones a su problema y le dijo.

- ¿Zzipoo, no puedes hablar con el guardia para que te perdone? Si quieres le hablo yo.

Comentó Elsa.

- No se puede ver el cuerpo, ni el rostro del guardia, se ve sólo la mano, para que no se descubra su identidad, de ese modo evitan que los guardias por compromiso favorezcan a alguien y no se cumpla con la ley.

- Y qué cosa es el guardia, ¿porque tiene la mano tan grande?

Preguntó Elsa.

- Este pertenece a la raza de los gigantes.

- Bueno y entonces ¿qué harás?

Comentó ya un tanto preocupada Elsa.

- Mmm, creo que tengo un espejo que me regaló un hada hace mucho tiempo... Me dijo que si miraba a través del espejo por encima de mi hombro, es posible ver la imagen del que está escondido detrás del encantamiento, si es alguien que conozco tal vez me ayude.

Dijo Zzipoo.

- ¡Bueno y entonces qué esperas, busca el espejo!

Le dijo Elsa un tanto desesperada.

Zzipoo metió la mano en la bolsa interna de su saco, poco a poco cada vez más profundo, tanto que casi mete todo el brazo, se escuchaba como movía y movía un sinfín de artículos allí dentro, de pronto exclamó.

- ¡Aquí está!

- De prisa, de prisa mira quién es.

Dijo Elsa.

Zzipoo, se colocó de espaldas a la gigantesca mano que sostenía la canasta, miró en el espejo por sobre su hombro buscando ver quién era el de la gigantesca mano.

- ¿Que ves, que ves?

Preguntó Elsa.

- No puede ser, esto es el colmo.

De pronto exclamó Zzipoo.

-Que sucede dime.

Dijo Elsa preocupada temiendo se tratara de algo terrible, ya con tantos sobresaltos podía esperar cualquier cosa.

-¡Ya sé que haré!

Comentó Zzipoo como hablando consigo mismo.

Zzipoo metió la mano en la bolsa de su pantalón y sacó una pequeña cajita de oro.

- ¿Qué es eso?

Preguntó Elsa.

- Ahora podrás ver lo que yo vi por el espejo.

Zzipoo abrió la cajita y tomó una pizca de un polvo luminoso de color índigo y lo arrojó al aire sobre el área donde se encontraba la gigantesca mano, de pronto comenzó a develarse la figura de otro gnomo que flotaba recostado en el aire, sosteniendo una herramienta con la cual movía la gigantesca mano, riéndose a carcajadas burlándose de ellos, Zzipoo montó en cólera, levantó su mano derecha, en la que se formó una bola de fuego, que de inmediato arrojó sobre la imagen, de pronto una explosión de luz y todo se cayó al suelo tal como si se rompiera un espejo en mil pedazos, ya que el caos de despojos y humo que se produjo pasó, comenzó a aclararse todo nuevamente, entonces pudieron observar que en el suelo aturdido, yacía el gnomo que estaba burlándose de ellos, Zzipoo se acercó y le preguntó.

- ¿Quién eres tú?

El gnomo quejándose y tomándose de la cabeza le respondió.

- Mi nombre es Doto pertenezco al ejército de Tierra y fui enviado por Danther para proteger al niño y a los que cuidarán de él.

Zzipoo lo tomó de la solapa y lo levantó del suelo y le dijo.

- Así pretendes cuidarnos burlándote de nosotros, ¿qué clase de soldado eres tú?

Doto visiblemente arrepentido le responde.

-¡Solo fue una broma, solo fue una broma!

- Pues en este mundo es mejor que fueras olvidándote de tus bromitas, si es que quieres sobrevivir.

Doto con un claro gesto de arrepentimiento le dijo.

- Bueno discúlpame... A propósito ¿quién eres tú?

Zzipoo le respondió ofuscado.

- Por ahí hubiéramos empezado, no haciendo bromitas ridículas... Mi nombre es Zzipoo y fui asignado por el consejo para controlar las actividades de Wilhelm, el Papá del niño.

Doto sorprendido por la respuesta preguntó.

- Y tú porque razón controlas al humano.

-Es poseedor de la Piedra Filosofal Universal.

Doto giró su mirada hacia Elsa y preguntó.

- Y la humana ¿quién es?

A lo que Elsa respondió un tanto ofendida, al ver el modo discriminatorio con que Doto se refería a ella y le dijo.

- Esta humana tiene nombre, me llamo Elsa Señor...

En ese momento Zzipoo se adelantó y dijo.

-Ella es la Mamá del niño.

De pronto Elsa interrumpió la palabra de Zzipoo y Preguntó.

- ¿Porque está usted aquí, no se supone que llegarían mañana?

Zzipoo se tomó de la barbilla y cayó en la idea de que Doto podría ser un impostor, por lo que decidió actuar de inmediato, Zzipoo lentamente llevó sus dos manos a la altura de su pecho y sorpresivamente le arrojó una bola de energía de color azul agua que paralizó a Doto y le dijo.

- Mientes todo lo que nos dijiste es mentira, eres un impostor.

Doto visiblemente cambió su semblante de tranquilo a enojado y con dificultad pero firme levantó sus dos manos hasta llegar a la posición de ataque, giró hacia donde estaba Zzipoo y soltó una energía de color rojo que poco a poco fue haciendo retroceder la fuerza enviada por Zzipoo, se escuchaba un ruido como el que produce la soldadura eléctrica con fuertes descargas de energía, Elsa asustada se hizo a un costado y cuando estaba a punto de vencer Doto a Zzipoo, otra energía de color blanco como un rueda salió de la nada y se colocó entre los dos anulando todo, ahora en medio de Zzipoo y Doto estaba la figura de un hombre alto de cuerpo espigado, de piel pálida de ojos almendrados, de orejas puntiagudas, vestido con ropas de color musgo, en su cinturón portaba una espada corta y una larga, en su espalda cargaba un gran arco y flechas, su rostro manifestaba tranquilidad, pero no dijo nada sólo se quedó parado inmóvil en medio de ambos.

- ¿Quién eres tú?

Preguntó Zzipoo.

- Él es mi compañero y se llama Anjana.

Replicó Doto.

- Basta, no toleraré más disputas entre nosotros.

Dijo Anjana con un tono de autoridad en su voz, Anjana se dirigió hacia donde se encontraba Elsa, con delicadeza la ayudó a levantarse del suelo cerca de una pila de maderas en donde Elsa se había guarecido ante la inminente pelea entre Zzipoo y Doto, Anjana le besó a Elsa la mano y le dijo.

- Mil disculpas por nuestro comportamiento Señora mi nombre es Anjana soy un Elfo, pertenezco a los ejércitos de aire y estoy a cargo conjuntamente con Doto de la seguridad de todos ustedes y de los que vendrán a cuidar al niño.

- ¡Pero se suponía que llegarían mañana!

Dijo Elsa.

- Esta usted en lo cierto, (comentó Anjana), la llegada de todos es mañana, sólo que nosotros estamos aquí para garantizar que todo esté en orden y seguro.

De pronto en un árbol con mucho follaje que estaba en las inmediaciones del lugar, se escuchó como si un ave de gran tamaño levantara vuelo, las ramas del árbol se sacudieron, pero no se pudo ver qué fue lo que las movía.

– Doto, ve a ver de qué se trata.

Ordenó Anjana... Doto de inmediato desapareció.

- Zzipoo, le ruego que no trate de enfrentar a Doto, él es un soldado con grandes cualidades y enfrentarlo es un error, tiene el defecto de ser demasiado bromista pero no es malo.

Amablemente hace la sugerencia Anjana a Zzipoo.

- Gracias por su consejo Anjana, con el fin de preservar la paz entre nosotros trataré de hacer lo que me pide, ahora si Doto me provoca yo...

- Suficiente Zzipoo, no hagamos de esto un campo de batalla, se trata de mi casa y les ruego un poco de respeto.

Replicó Elsa un tanto contrariada.

Zzipoo y Anjana se quedaron callados, como reconociendo la autoridad de Elsa por tratarse de la Mamá del niño a quien venían a cuidar y también por ser la dueña de la casa; Doto apareció súbitamente caminando hacia ellos, como una imagen indeleble que poco a poco fue materializándose a medida que se acercaba.

- De que se trataba Doto.

Preguntó Anjana.

- Era un espía enviado por los oscuros... Lo vi pero no logré alcanzarlo.

Dijo Doto.

- Ya saben que estamos aquí.

Respondió preocupado Anjana.

- Lo mejor será crear un cerco de fuerza alrededor de la casa.

Comentó Doto.

- Creo que tienes razón, aunque presiento que no permaneceremos mucho tiempo en este lugar.

Elsa al escuchar su comentario le preguntó.

- A qué se refiere Anjana.

- Se acercan días difíciles para esta región, habrá guerra entre humanos y correrá mucha sangre.

Comentó Anjana con cara de preocupación.

- Dios espero que eso no suceda, sería desastroso para todos nosotros.

En ese momento se escuchó la voz de Wilhelm que regresaba del trabajo, entró en la cocina con hambre buscando algún refrigerio, tomó una hogaza de pan y estaba a punto de partirla en dos para prepararse un sándwich cuando llegó Elsa.

Wilhelm al verla le dijo.

- ¡Cariño ya estoy en casa!, ¿cómo fue tu día?

Elsa tratando de disimular su preocupación por todo lo que Anjana le acababa de decir, corrió al encuentro de su esposo y se abrazó fuertemente a él.

- Qué bueno que ya estás aquí, te extrañaba.

- Yo también a ti... Dime, ¿todo está bien?

Dijo Wilhelm.

Elsa sonrió secándose las lágrimas y le dijo.

- Si amor, ven quiero presentarte a alguien que acaba de llegar.

Elsa tomó de la mano a Wilhelm y lo condujo hacia el patio trasero al llegar al lavadero, se paró frente a Anjana y Doto y dijo.

- Ellos son ¡Bueno por orden de llegada! Doto y Anjana, Doto es un gnomo de los ejércitos de tierra y Anjana es un elfo de los ejércitos de aire.

- Es un gusto conocerlos, ¿Ustedes fueron enviados por Danther supongo?

- Es Correcto Señor...

- Wilhelm, me llamo Wilhelm, soy el Papá del niño al que ustedes vienen a cuidar y Esposo de Elsa.

- Agradecemos que nos reciban en su casa.

Dijo Anjana.

- Los que agradecemos somos nosotros, porque gracias a ustedes nuestro hijo podrá sobrevivir.

- ¿Todo en orden con el niño Sr. Wilhelm, hasta hoy?

- Si Anjana excepto por un detalle, a pesar de que teníamos un acuerdo aquí con Zzipoo ¡que es de carácter estrictamente confidencial! hasta el día de hoy estoy esperando que cumpla con su parte pero, fíjese que todavía no le veo ninguna intención de hacerlo...

Comentó Wilhelm con un tono casi sarcástico, todo quedó en silencio por un instante, Zzipoo inquieto movía sus ojos para todos lados por temor a que Wilhelm lo delatara comentando a Doto y Anjana que se había adelantado a mencionar el nombre de Lara, la ninfa que vendría a cuidar al niño, por lo que estaba haciendo todo tipo de señales con la cara a Wilhelm para que no dijera nada, sabía que si se enteraban de semejante cosa, no se quedarían callados y llegaría directamente a oídos de Danther seguramente esto iba a provocar una total desconfianza en el consejo y por temor a que se filtrara información que pudiera terminar en manos de las fuerzas de oscuridad, removerían de sus funciones a Zzipoo, algo que de llegar a suceder provocaría un gran dolor en Zzipoo, porque él ya se sentía parte de la familia.

- Pero en fin... Todos participamos en esa tarea y en mantenerlo abrigado, como nos sugirió Danther, a propósito cuando llega él.

Preguntó Wilhelm.

Zzipoo puso cara de alivio, al ver que Wilhelm cambió de tema y no lo delató, fue como si le sacaran un enorme peso de encima.

- Mañana Sr. Wilhelm.

Respondió Anjana.

Anjana de pronto caminó hacia un costado en silencio y se apartó del grupo, por un momento se quedó pensativo...
Wilhelm al percatarse de eso se le acercó y le preguntó.

- Es evidente de que algo le preocupa
Anjana, ¿todo está bien?

- No Sr. Wilhelm, existe una amenaza, y
me preocupa, los oscuros ya saben de
nuestra presencia aquí y pude percibir lo
que traman, procurarán por todos los
medios desestabilizar esta zona a lo largo
de esta próxima década; intrigas y
conspiraciones, los oscuros influenciarán
desde el inframundo la mente de los
gobernantes incitándolos a pelear, lo peor
es que conseguirán enfrentar dos grandes
poderes de la región, involucrando también
a sus aliados, lo que hará que la guerra
dure algunos años, por lo que me temo
que el niño ya no estará seguro aquí,
deberemos mudarnos a un lugar más
apacible.

- ¿Y esto cuando sucederá Anjana?

Preguntó Wilhelm.

- Aproximadamente dentro de unos cinco a
nueve años terrestres.

- Bueno... Entonces creo que tenemos un
poquito de tiempo para encontrar alguna
solución, ahora quiero que nos acompañen
a nuestra sala, tengo un rico coñac que les

encantará.

- ¿Y... a mí no me invitas?

Dijo Zzipoo.

-Para serte sincero, prefiero no correr riesgos contigo, ¿captas Zzipoo?

- Mmm...la verdad no.

-Te Recuerdas Zzipoo... cuando tú llegaste por primera vez a esta casa, también te invité a degustar una copita de coñac y terminaste por tomarte toda la botella e hiciste gala de tus poderes, tanto que casi incendias la casa... ¿Ya recordaste?

Zzipoo se queda pensativo por un momento como si su mente viajara al pasado, de pronto revivió todo lo ocurrido en aquella ocasión, se quedó como en una nube pensativo hasta que...

- ¡Zzipoo!, ¿escuchaste lo que te dije?

Preguntó Wilhelm.

- ¡Oh!... si, si disculpa, ¡creo que tienes razón!.. Mejor me voy a ver como se encuentra el niño.

Respondió Zzipoo.

- Creo que así será mejor para todos Zzipoo...
Bien, entonces nosotros pasemos a la sala por favor, síganme.

Todo se volvió ameno y relajado, cada quien comenzó a contar anécdotas de sus vidas y de ese modo comenzaron a conocerse mejor, Doto temiendo que le pasara lo que le pasó a Zzipoo, se retiró pronto a descansar, Wilhelm hizo buena amistad con Anjana, mientras que Elsa terminaba los detalles de la casa esperando la llegada de Danther, la noche no se hizo esperar y todos decidieron retirarse a renovar fuerzas para el nuevo y especial día que los esperaba.
Al día siguiente, cuando apenas el sol se levantaba por sobre los Alpes, en la casa todo era algarabía, se escuchaba desde la recámara de Wilhelm el bullicio, risas y el ruido de vajilla y utensilios de cocina, Danther que ya había arribado junto con todos los demás miembros del equipo que cuidaría al niño, se apartó del grupo por un momento y subió a la recámara en donde dormía Wilhelm y en voz baja le dijo.

- Wilhelm, Wilhelm, despierte, preciso que le administremos la segunda dosis del elíxir al niño.

Wilhelm aun un tanto adormilado abrió los ojos, e inmediatamente se sorprendió y reaccionó sentándose en su cama, luego se levantó y fue por la cajita en la cual se guardaban las piedras que Danther le había entregado.

- Aquí tiene las piedras que usted me dio la última vez, cuando me dejó hablando solo justamente en esta habitación, ¿lo recuerda?

- Lo siento Wilhelm, pero debía regresar pronto a mis quehaceres, lamento lo sucedido.

- Bueno, si me espera un momento rápidamente me vestiré y lo acompaño con el niño.

En ese momento Wilhelm giró hacia la cuna y vio que el niño ya no estaba en ella, se desesperó y exclamó.

- ¡El niño, se han robado al niño...!

- Wilhelm tranquilo, nadie ha robado al niño, él está en la cocina con el equipo que arribó conmigo esta mañana, mejor vístase que se nos hace tarde.

Ante tanta actividad, ruidos y conversaciones, Elsa también se despertó sorprendiéndose al ver a Danther en su habitación, como era de esperar, se sobresaltó pero Wilhelm la calmó explicándole quién era y lo que sucedía.

- No te angusties cariño, él es Danther a quien esperábamos, el mago que le salvó la vida a nuestro hijo, sólo que llegaron antes de que nos despertáramos.

- Lamento haberla sobresaltado Señora pero urgía despertar a Wilhelm ya que es hora de administrarle la nueva dosis del elíxir al niño y no me quedó más remedio que despertarlos.

Comentó Danther.

- Lamento yo también recibirlo en estas circunstancias, mi nombre es Elsa y quiero que sepa que le estaré eternamente agradecida por todo lo que usted ha hecho y está haciendo por mi hijo Sr. Danther.

- Todo estará bien Elsa ya verá. Bueno los espero afuera no tarden.

Dijo Danther retirándose de la habitación para devolverles la privacidad de su alcoba a Wilhelm y a Elsa.

- En un momento vamos.

Respondió Wilhelm.

Minutos más tarde Danther acompañado por Wilhelm y su Esposa Elsa hacen su entrada en la cocina de la casa, la cual era toda una algarabía, Nizza puso a todo mundo feliz con tantos platillos y postres deliciosos que desde su llegada, cerca de la medianoche preparó; luego de administrarle la segunda dosis de la piedra filosofal al niño, Danther dijo.

- Atención...presten atención por favor les voy a presentar al Sr. Wilhelm, médico y alquimista, uno de los pocos humanos poseedor de la piedra filosofal universal, padre del niño Teofrasto por el cual nos encontramos aquí, y a su esposa la Sra. Elsa mamá del niño Teofrasto...

Wilhelm tomó la palabra de inmediato y dijo.

- Nos honran todos ustedes con su presencia, les agradecemos personalmente por todas las molestias a las cuales se sometieron para estar aquí, esta es la casa de mi esposa, del pequeño Teofrasto y mía por supuesto, ahora también su casa, sean ustedes bienvenidos.

Todos aplaudieron al escuchar tan amables palabras de Wilhelm.

- ¿Alguien tiene alguna pregunta antes de que comencemos con nuestras tareas cotidianas?

Comentó Danther.

- Con el debido respeto, mi nombre es Belucina, más que una pregunta creo que sería una buena idea que todos nos presentáramos individualmente antes que nada Sr. Wilhelm, si usted no se opone por supuesto.

A lo que Wilhelm solícitamente respondió.

- Desde luego que no me opongo Belucina, disculpen por no mencionarlo antes, a propósito con algunos de ustedes ya tenemos el gusto de conocernos, como es el caso de Danther, Anjana, Doto y ahora usted Belucina, pero sería un honor para nosotros conocer a cada uno de ustedes en particular y saber cuáles son sus especialidades, que función desempeñarán en esta magna tarea de ayudarnos con la crianza de nuestro hijo.

- Yo comenzaré, mi nombre es Lara, soy una ninfa nodriza y estoy a cargo del grupo, mi función es cuidar del niño, guiarlo y protegerlo aun con mi propia vida, cualquier cosa que le incomode Sr. Wilhelm con referencia a este grupo le ruego me lo comunique directamente a mí.

-Muchas gracias Lara, así lo haré.

Respondió Wilhelm.

- Mi nombre es Leila, soy una ninfa y asistente directa de Lara.

- Como ya dije, mi nombre es Belucina, soy un hada anciana, mi tarea es asesorar en la toma de decisiones importantes en el grupo cuando Danther está ausente, la experiencia que los años han traído a mi vida, me hicieron merecedora de esta responsabilidad.

- Mi nombre es Bendith, soy un hada madrina, me caracterizo por el inmenso amor que despiertan en mí los niños y será un gusto ayudar a criar al pequeño Teofrasto.

- Mi nombre es Nizza, soy una gnomo, me especializo en la realización de las más exquisitas comidas y postres, estaré a cargo de alimentar al niño y a todos los miembros del grupo.

Cuando Nizza dijo eso, Zzipoo que siempre estaba con sus orejitas bien atentas se asomó para ver quién era la que hacia tan deliciosas cosas y al ver a Nizza, su corazón dio un vuelco, sus ojitos brillaron como estrellas y comenzó a sentir mil mariposas en el estómago, tan fascinado quedó con ella, que decidió aparecerse en frente de todos, Wilhelm cuando vió a Zzipoo parado en frente de todos presurosamente tomó la palabra y dijo.

- Lamento interrumpir, pero se me olvidó mencionar a un miembro importante de ésta familia, quiero presentarles a Zzipoo, él es un gnomo puesto por el concejo para mi supervisión, pero con el tiempo hicimos una amistad tan estrecha que hoy puedo considerarlo como miembro de mi familia, es más sin su ayuda mi hijo no se habría salvado, él es quien evita que yo use el elíxir sin permiso del concejo y personalmente intercedió por mí para que Danther viniera y curara al niño, él es un héroe y es nuestro amigo.

Al escuchar lo que Zzipoo había hecho, todos aplaudieron y se acercaron a saludarlo, pero cuando le tocó saludar a Nizza, Zzipoo lo hizo de una manera tan galante y especial, que todos los presentes se dieron cuenta del magnetismo que Nizza ejercía sobre Zzipoo...
En especial Doto, que también sentía una gran atracción por Nizza.

- Bien en vista que ya todos nos presentamos debidamente, es hora de comenzar con las tareas cotidianas.

Comentó Danther, dando por terminado el protocolo de presentaciones; pero antes que procedieran a retirarse Nizza tomó nuevamente la palabra y dijo.

- Un momento, sólo un momento más de su atención por favor, gracias... Quería dejar muy en claro lo siguiente, por ninguna circunstancia el niño Teofrasto podrá comer nada que no se haga con mis manos y en esta cocina, de no respetar ésta norma, la vida del niño corre peligro, dada su nueva condición física su cuerpo no toleraría la estructura pesada de la comida humana, porque su cuerpo aunque aparentemente es humano su estructura interna ya no lo es y comer comida humana, sería equivalente a que usted Sr. Wilhelm, o usted Sra. tomen como alimentos, piedras o ladrillos de cerámica, desde luego que al no poder digerir tan inadecuada ingesta, probablemente morirían, disculpen la comparación, pero eso es lo que pasaría con el niño si comiera comida de este mundo.

- Que pasará cuando crezca y visite otros lugares y esté con otras personas que no saben de su condición y le ofrezcan comida y no pueda decir que no.

Preguntó Wilhelm.

- Sr. Wilhelm nuestra estadía en este mundo no es momentánea, nosotros estaremos aquí mientras él viva y por donde Teofrasto vaya estaremos nosotros asistiéndole, aun los seres mágicos del bosque, de los lagos, ríos y en el mar como en las profundidades de la tierra, en los

abismos del aire o en el resplandor del más
iracundo fuego; los seres mágicos
pertenecientes a cada elemento estarán
protegiéndolo y ayudándole en todo.

- Comprendo todo lo que dice Nizza, pero
como harían para evitar que coma una
comida ya preparada y presentada ante
sus ojos.

- Sr. Wilhelm seguramente puede ver que
en esta mesa no hay nada más que su
mantel verdad ¿Que le apetecería
desayunar?

Wilhelm ante la sorpresiva pregunta de
Nizza sonríe y tocándose la barbilla
exclamó.

- Bueno una rica salchicha bávara con
huevos revueltos y vegetales hervidos.

Al instante, la comida que Wilhelm pidió
apareció en la mesa servida y caliente, la
sorpresa de Wilhelm no se hizo esperar y
exclamó.

- ¡Como hizo eso!

- Sr. Wilhelm, el universo es como un
gigantesco genio dispuesto a concederle

todo lo que usted pida, sólo tiene que creer y se hará, si se diera un caso como el que usted menciona, bastará con hacer un simple cambio de alimentos que nadie notará, como sucedió aquí frente a usted.

- Gracias, gracias por enseñarnos tanto, seguramente tendremos mucho más que aprender de ustedes.

En ese momento por primera vez se escuchó el balbuceo de un bebé, todos voltearon y se maravillaron al ver que el pequeño Teofrasto estaba sentado en medio de su improvisada cuna de paja y mantas, sobre la mesada de la cocina. Wilhelm caminó con prisa pero con calma, lo tomó en sus brazos y exclamó.

- Hijo de mi corazón...
Con un amor infinito lo abrazó y lo besó, lo levantó por sobre su cabeza y dijo.

- Este es mi primogénito, mi hijo... Que gracias al cielo y a todos ustedes, vive.

Todos se emocionaron visiblemente y aplaudieron el momento.
Los días comenzaron a transcurrir en un ambiente de camaradería, aunque débil todavía el niño evolucionaba notoriamente.

Belucina atendía al pequeño Teofrasto con mucho cariño, pero de repente se vio envuelta en una situación que no podía resolver sin ayuda, así que recurrió a Bendith.

- ¿Bendith serías tan amable de ayudarme con el niño?

- ¡Desde luego Belucina en que le soy útil!

- Mira pon el dedo aquí para que le pueda colocar el seguro a este pañal, hace un buen rato que estoy tratando y no lo logro, al parecer el pequeño Teofrasto engordó.

- ¿Así está bien?

Preguntó Bendith.

- Si gracias, creí que jamás lo lograría.

Bendith soltó una graciosa carcajada y exclamó.

- La que tiene que agradecer soy yo, es usted un ejemplo de vida para todos nosotros, gracias por estar aquí Belucina.

- En verdad estamos viviendo algo muy diferente a lo que imaginábamos, pensé que nos encontraríamos con situaciones difíciles de convivencia, pero ya ves todo es cordial.

Comentó Belucina.

- Creo que mucho tiene que ver, que el Sr. Wilhelm y la Sra. Elsa sean humanos tan amables.

Agregó Bendith.

- Comparto tu opinión Bendith, ellos en verdad son personas muy agradables y agradecidas.

Mientras en la cocina está a punto de suceder algo memorable, Nizza está concentrada en la realización del almuerzo para todos, pero de pronto Zzipoo hace su aparición y dice.

- Hola, hola, soy Zzipoo recuerdas, nos presentaron cuando ustedes llegaron.

Nizza visiblemente ocupada le respondió.

- Si, si claro, por supuesto que me acuerdo de ti, ¿se te ofrece algo?

- Bueno... Sólo quería saber si era posible un adelantito del almuerzo, es que huele tan delicioso que ya no aguanto el hambre, ¡siempre!... Por algo a cambio como es la tradición.

Zzipoo sacó una cajita de cristal que contenía una exótica flor que destellaba diferentes gamas de colores, algo muy delicado y raro, cuando Nizza la vió quedó sorprendida, se sonrojó y dijo.

- ¿Esto es para mí?

- Si... Por eso es que me ausenté estos días, siempre estuve esperando este momento, representa todo lo que eres para mí, ésta flor es muy rara se llama flor arcoíris y crece en un lugar muy escarpado en la tierra de los troles, pero tú vales cualquier sacrificio, éste presente es el símbolo del amor eterno y con esto quiero decirte que estoy completamente enamorado de ti, Nizza se quedó paralizada, no sabía que decir, desde luego que se sentía halagada porque también sentía una gran atracción por Zzipoo.
Pero era demasiado pronto para formalizar con alguien que prácticamente no conocía y además estando en una misión tan delicada, Nizza bajó la mirada y un tanto

ruborizada recibió el regalo y lo dejó sobre la mesada de la cocina, luego con delicadeza tomó las manos de Zzipoo y le respondió.

- Yo sé el enorme sacrificio que debes de haber hecho para conseguirme este presente, esto habla de lo mucho que anhelas esta relación, pero por favor no me mal intérpretes, yo apenas te conozco, no voy a negar que también me gustas mucho pero siento que debemos esperar hasta conocernos mejor, además estamos en medio de una misión demasiado importante, cualquier distracción podría ser irremediable, te ruego nos demos un tiempo hasta que la salud del niño esté más estable y entonces volveremos a tener esta conversación... ¿De acuerdo?

Zzipoo aprieta las manos de Nizza, se acercó y sus miradas cargadas de una gran atracción los llevó a fundirse en un beso lleno del más puro y profundo sentimiento... Zzipoo luego del beso sonrió y le dijo.

- ¡De acuerdo!

Zzipoo giró e iba marchándose de la cocina, cuando Nizza mostrándole un pedazo de pastel le dijo.

- Zzipoo no venías por un bocadillo.

Zzipoo se dio la vuelta y la miró como si flotara en una nube y respondió.

- Tú eres en verdad mágica, con ese beso estoy completamente satisfecho.

Nizza sonrió y continuó con sus quehaceres.

Mientras tanto Doto y Anjana tienen novedades, por un momento se trasladaron al mundo fantástico para exponer a Danther algo que habían descubierto de sumo interés.

- Que los trae por aquí Anjana.

Preguntó Danther visiblemente ocupado.

- Traemos a un duende chocarrero que capturamos tratando de entrar en la casa del Dr. Wilhelm.

- ¿Qué de particular tiene éste duende?

Preguntó Danther mientras continuaba con su quehacer.

- Su nombre es Kimor, y dijo saber algo terrible que se está tramando en contra del niño Teofrasto, pero que la información sólo la dirá frente a ti.

Danther al escuchar lo que Anjana acababa de decir prestó más atención al caso y preguntó.

- ¿Dónde está Kimor?

- Doto trae a Kimor.

Ordenó Anjana.

- En un momento.

Doto casi de inmediato volvió con Kimor y lo puso frente a Danther.

- Mi nombre es Danther y según me informan tú tienes algo de suma importancia para mí.

Kimor se quedó en silencio mirando fijamente a Danther con una mirada díscola, luego de repente comenzó a reír como un desquiciado y a desplazarse dentro de la habitación a gran velocidad por las paredes, por el techo, por el suelo, pasaba rozándole a Danther en varias ocasiones haciendo volar sus cabellos en cada pasada, hasta que de pronto, Danther se adelantó a sus movimientos y con un sólo ademán de su mano paralizó a Kimor en el aire, se acercó a él y le dijo.

- Yo sé que tu naturaleza es jugar de éste modo, pero aquí no viniste a jugar y menos conmigo ¿verdad?, así que te recomiendo que comiences a contarme el secreto que guardas, lo más antes posible, ¡porque estoy muy ocupado!

- Bububueno, mi nombre es Kimor.

- Eso ya lo sé, los que te trajeron aquí me dijeron cómo te llamas, dime qué cosa sabes que tan sólo a mí me contarías.

Dijo Danther

- Primero quiero saber si tendré las garantías que necesito para poder develar el secreto.

Preguntó temeroso Kimor.

- A qué garantías te refieres.

Dijo Danther.

- Después de que le cuente lo que están haciendo en el paso de San Gotardo, debajo del puente del diablo, en las profundidades de la montaña, mi vida correrá peligro en el mundo de Malkuth, así que para poder develar lo que sé me tiene que prometer que podré quedarme aquí.

- Existe una sola forma a través de la cual podrás quedarte aquí y es con la condición de que nos permitirás regenerarte, porque aquí no se admiten seres poco evolucionados y tú eres muy silvestre según veo, tendrás que asistir a la escuela para educarte, sólo así.

Dijo Danther de manera determinante.

- Bueno la verdad, no tenía en mente asistir a la escuela.

Comentó Kimor con un cierto dejo de vanidad.

- Bueno, según veo tienes una mejor opción y yo, la verdad no tengo tiempo para atender devaneos, Anjana, Doto llévense a éste de regreso a Malkuth.

-No, no, de vuelta a la tierra no, yo estudiaré, estudiaré lo prometo.

Suplicaba Kimor desesperado.

- ¡Entonces!... Escucho.

 Dijo Danther con cara de poca paciencia.

Luego de un breve silencio, dubitativamente Kimor comenzó a contar lo que había visto.

- Estuve en el hogar de una familia por mucho tiempo y me acostumbré a ellos, pero un día decidieron mudarse a Milán al norte de Italia, no quise quedarme sólo, así que decidí marcharme con ellos, cruzábamos por el paso de San Gotardo, por el Puente del diablo, hacia Italia; cuando me sentí atraído por un canto dulcísimo que subía de lo profundo del abismo, una fuerza muy grande me incitaba a ver de qué se trataba... Cedí a la tentación y me dirigí guiado por la dulce melodía hasta que bajé por un costado, en la base del puente faltaba una piedra para completarlo, de ese lugar provenía la melodía, me introduje en el hueco y llegué por un túnel hasta un recinto muy amplio como una bóveda gigantesca en lo interno de la montaña, desde lo alto pude observar a un brujo negro, asistido por varias entidades de obscuridad estaban trabajando en la realización de un experimento, a un costado un ser que se asemejaba a una sirena cantaba la bella melodía que me atrajo hasta ese lugar. En fin saciada ya mi curiosidad decidí salir de allí y continuar con la familia mi camino, pero al girar para salir del lugar me tope con un duende trastolillo que entró por el mismo agujero que yo, estuve a punto de gritar pero él me puso la mano en la boca y me pidió que me calmara, que si nos descubrían nos matarían a ambos... Me contó que ya hacía tiempo que estaba observando cómo trataban de crear a un homúnculo en forma de niño, con los rasgos de un niño que había nacido recientemente en Einsiedeln hijo del médico del pueblo, cuando me dijo eso supe de lo que se trataba, porque la familia con la que yo estaba, vivía cerca de la casa del Sr. Wilhelm, el es una buena persona en varias ocasiones les salvó la vida a los niños de la casa cuando estaban enfermos, por eso es que me regresé para advertirle de lo que estaban haciendo y del peligro que corría su hijo, ahí fue cuando sus soldados me capturaron, al parecer lo que quieren es secuestrar al hijo del Dr. Wilhelm y dejar al homúnculo en su lugar.

Cuando Kimor concluyó su relato Danther se quedó serio y pensativo por un momento, luego dijo.

- Anjana, Doto, asegúrense que éste duende quede asistido para su educación y póngale un supervisor de tiempo completo hasta que regresemos, junten a toda la fuerza, tenemos una misión urgente.

Todas las fuerzas de los seres fantásticos rodearon el paso de San Gotardo, había desplazamientos por todos los flancos, magos, gnomos, duendes, hadas, ninfas, elfos, silfos, nereidas, ondinas y salamandras, se movían a velocidades increíbles por todas partes.

- Anjana, busca el lugar de acceso, ellos entraron por algún lugar secreto a la montaña, debemos encontrarlo y cortarles la huída, de otro modo corremos el riesgo de perderlos y perder toda la información; debemos descubrir quién está detrás de todo esto.

- En eso estamos Danther, sólo que la zona es amplia y seguramente la entrada está protegida por algún hechizo, pero la encontraremos.

Respondió Anjana.

- Kimor habló de un duende trastolillo, es el que le contó todo lo que estaban haciendo los oscuros, investiga con los elementales que habitan en esta zona. Ellos deben de saber si existe alguna entrada secreta.

- De inmediato Danther.

De pronto Danther recibe la visita de Belucina.

- Danther sé lo que está pasando, ya estoy informada de todo y vine a ayudarte.

- Gracias Belucina pero no podremos hacer nada hasta que no descubramos la o las entradas secretas a la montaña.

– ¡Bueno, Kimor dijo que era por debajo del puente!

Comentó Belucina.

- Si, esa entrada es sólo un acceso accidental a través del cual los duendes pudieron observar lo que hacían, pienso que ni los mismos oscuros saben de su existencia y ese es un punto a nuestro favor, pero debido a las dimensiones de la puerta no entraron por ahí, por lo que creemos que existe otra u otras puertas de acceso a la montaña, debemos encontrarlas antes de tratar de aprehenderlos, de lo contrario corremos el riesgo de que huyan.

Dijo Danther.

Belucina levantó una maleta que traía en su mano y exclamó.

- Entonces creo que tengo la solución.

- Una solución, ¿a qué se refiere Belucina?

- Hace muchos milenios atrás, se produjo una reunión de todos los elementos para resolver una crisis planetaria, es ahí en donde mis ancestros aprendieron a hablar el idioma del reino mineral, ese conocimiento permaneció por generaciones en mi familia y si tú quieres yo podría servir de traductora, esta montaña es un macizo de roca sólida, ella sabe mejor que nadie los secretos que en ella se esconden, hablemos con ella yo te ayudo.

- Si eso es posible como usted lo comenta Belucina... Adelante, será de gran ayuda.

Belucina tomó a Danther de la mano y juntos se elevaron hacia el cielo, una vez en lo alto Belucina comenzó a buscar la cabeza de la montaña, desde esa altitud se miraba la montaña como un niño dormido, en posición fetal, una vez ubicado el caput de la montaña, bajaron para conversar con ella, Belucina y Danther se pararon frente a la supuesta cabeza de la montaña, sobre un risco que quedaba justo al frente; Belucina extrajo de su maleta un artefacto que se asemejaba a un instrumento musical dotado de varias campanitas de diversos colores.

- Cada una de estas campanitas está hecha con las gemas de mayor pureza de los diferentes metales, metaloides, carbúnculos y sílices, cada una de ellas al sonar irán despertando gradualmente a la montaña, para evitar que se sobresalte al sacarla de su largo sueño, bien... Comenzaré.

Belucina fue tocando una a una las campanitas y en la medida que avanzaba hacia la última campanita, la tierra se sacudía cada vez más fuerte, hasta que finalmente al tocar la última, dos inmensos ojos se abrieron y la montaña levantó levemente la cabeza provocando un terrible movimiento sísmico por lo que Belucina en el idioma mineral le pidió a la montaña que no se levantara; al verlos la montaña preguntó.

- ¿Quiénes son ustedes, porqué interrumpen mi descanso?

- Discúlpanos no es nuestra intención molestarte... Pero es de vital importancia tu ayuda.

- ¿Mi ayuda?, Mmm, de que ayuda se trata.

Preguntó la montaña.

- Quien viene conmigo se llama Danther, preside el consejo de seres mágicos, mi nombre es Belucina y provengo de las primeras familias de hadas, mis ancestros aprendieron a hablar tu idioma y ese conocimiento permaneció en mi familia hasta hoy, por eso puedo hablar contigo.

- Entiendo, que necesitan de mí.

- Te haré unas preguntas que mi compañero tiene para ti, pero antes quiero que sepas que si no fuera de tan vital importancia juro que no te habríamos molestado. En tu interior se esconden unos brujos negros y seres de oscuridad que los asisten, sus propósitos son crear en tus entrañas a un homúnculo con idénticas facciones a un niño nacido recientemente en la ciudad de Einsiedeln, sus intenciones son cambiar al homúnculo por el niño, para luego secuestrar y asesinar al niño.

- ¿Por qué querrían hacer eso con el niño?

Preguntó la montaña.

- Ese niño cambiará la historia de los hombres, para beneficio de toda la humanidad.

- Mmm, entonces dime ¿Cómo puedo ayudarte?

- Dinos cuales son las puertas de acceso a tu interior, las que se formaron naturalmente y las que hayan sido hechas, aunque estén protegidas por un hechizo.

La montaña rápidamente respondió con facilidad la pregunta hecha por Belucina.

- La única puerta de acceso que existe y que ciertamente está protegida por un hechizo como dices, el cual se tiende sobre ella para que nadie la pueda ver, se encuentra en la ladera derecha, a unas dos horas de camino desde el río, no hay otra entrada más que esa.

- En nombre de Danther y el mío, te damos las gracias por tu valiosa ayuda, ahora las campanas cantarán nuevamente la antigua melodía de cuna que te hará dormir nuevamente.

Dijo Belucina.

- Mmm gracias.

- Gracias a ti.

- Espero que logren con éxito su misión.

Las campanitas comenzaron a ejecutar una bella y muy antigua melodía de cuna, que poco a poco fue durmiendo a la montaña entre bostezos y balbuceos.

- Belucina, debemos actuar de prisa, busquemos a Anjana y a Doto es preciso estar de acuerdo en la estrategia que usaremos para atrapar a los brujos y a los oscuros que los asisten, tenemos que descubrir quién está detrás de todo esto.

- Entendido Danther, regresemos al Paso de San Gotardo.

Belucina luego de guardar las campanitas en su maleta, tomó nuevamente la mano de Danther y rápidamente volaron de regreso hacia el Puente del diablo, al llegar Anjana y Doto ya estaban ahí.

- Anjana gracias a la colaboración de Belucina encontramos la ubicación de la puerta.

Comentó Danther.

- Nosotros también recibimos información de una familia de duendes que viven por la ladera derecha, nos dijeron que estuvieron observando mucha actividad de oscuros por esa zona, pero que no saben de la existencia de ninguna puerta de acceso a la montaña.

Dijo Anjana.

- Es lógico porque la puerta esta hechizada para que nadie la pueda ver, pero es correcta la orientación, coincide con la información que recibimos.

Anjana sintió curiosidad por saber cómo Danther y Belucina habían conseguido la información y preguntó.

- ¿Cómo es que lograron conseguir la información de la ubicación de la puerta?

Belucina miró a Anjana y se quedó sin contestarle nada, como pensando si le decía o no, pero Danther más decidido le contestó.

- Es una historia un poco larga de contar y en este momento precisamos movernos con rapidez, luego te comentaré como logramos la información, lo importante es que ya tenemos la ubicación del lugar.

- Entonces, lo que debemos hacer es planear una estrategia lo más antes posible.

Dijo Anjana.

- Si quieren puedo mandar un grupo de avanzada para que localicen la puerta.

No tardó en agregar Doto.

- Gracias Doto, agradezco tu interés pero esto es algo que debe ser cuidadosamente planeado, antes que nada creo que debemos ir usted y yo Belucina para descifrar el conjuro que esconde la puerta y romperlo así se hará visible, una vez logrado, enviaremos un informante con la ubicación exacta. ¡Anjana!, deberás tener listas las fuerzas de elfos para proteger los cielos; ¡Doto! desplegarás a los duendes, hadas y gnomos alrededor de la puerta, pero sólo cuando se te dé la orden, así nada se escapará por tierra; las nereidas que cuiden el río, las salamandras que estén listas, las llamaremos al momento de entrar en la montaña.

Magos preparados todos con sus báculos en espera al momento que se les llame y Doto no te adelantes, controla tu ansiedad, sería muy peligroso para todos, además se perdería el factor sorpresa...
Una cosa más, también preciso que las ondinas no descuiden la salida que encontraron los duendes debajo del puente... Bien, andando.

Belucina tomó la mano de Danther y de inmediato se elevaron a gran velocidad; las fuerzas de elfos y silfos al mando de Anjana se juntaron en el lugar para esperar ordenes al igual que gnomos, duendes y hadas liderados por Doto; las nereidas se desplazaban en el río a increíble velocidad y los magos todos se agruparon cerca del puente. El suspenso devoraba la ansiedad de Doto, pero sabía que debía acatar las órdenes; el tiempo transcurría lento para todos, mientras Belucina y Danther ya estaban en el lugar, sobrevolaban buscando un indicio, algo que les mostrara la ubicación de la puerta, al no encontrar nada decidieron detenerse en lo alto de un picacho, Belucina extrajo un antiguo catalejo muy extraño con muchas manecillas, miró a través de él y movía las manivelas manipulando los diferentes lentes hechos de cristales de rocas preciosas de distintos tipos...
De pronto, encontró algo y exclamó.

- Observa Danther en esta dirección.

Danther tomó el catalejo, miró a través de él y sorprendido preguntó.

- ¿Qué es esa luz que se mira?

- Ahora quítate el catalejo y mira al mismo lugar.

Respondió Belucina.

- Qué raro ya no veo la luz.

- Creo que se trata de la puerta, ocurre que los cristales de este viejo catalejo mágico, develan la existencia de un conjuro manifestándolo como un resplandor, por lo que creo que la encontramos.

Comentó Belucina.

- Parece que sí, deberemos tener cuidado al acercarnos, sin duda estará custodiada.

- Es posible que así sea, debemos de ir con precaución.

Dijo Belucina.

Volaron hasta las cercanías de la puerta y luego se acercaron sigilosamente, Danther ya había desplegado su báculo de mago para defenderse ante un eventual enfrentamiento con fuerzas de oscuridad; Belucina igualmente sacó su varita de hada, al acercarse no divisaron a nadie, con precaución tomaron la decisión de avanzar hasta llegar a la puerta, al estar frente a ella Danther levantó su báculo para tocarla y romper el hechizo, pero Belucina presintió que algo no estaba bien y detuvo a Danther.

- Un momento, algo no está bien.

- Que sucede.

Preguntó Danther.

- Presiento que existe una trampa en todo esto, no es lógico que nadie este cuidando la puerta, déjame observar antes.

Belucina extrajo de sus ropas un espejo redondo de mano y miró a través de él por encima de su hombro, un viejo truco que utilizan las hadas para develar misterios, cuando pudo ver lo que entrañaba la puerta, le pidió a Danther que retrocediera muy lentamente.

- Danther no haga ningún movimiento brusco y aléjese lentamente de la puerta.

Danther obedeció y lentamente fue alejándose poco a poco...
Cuando ya estaba al lado de Belucina le preguntó.

- ¿Qué sucede, porque nos estamos alejando de la puerta?

- Tome el espejo y mire por sobre su hombro.

Le respondió Belucina.

Al hacerlo Danther vio a un golem cancerbero dormido, apoyado en la puerta protegido por un campo de fuerza que simulaba la ladera de la montaña.

- Es un golem cancerbero.

Exclamó Danther con asombro.

- Lo detuve porque si usted tocaba el campo de fuerza, lo iba a despertar y habríamos estado en serios aprietos ahora.

- El guardián de día, Mmm...

Comentó Danther mientras se tomaba de la barbilla.

- Sé cómo desactivar el campo de fuerza, pero requerimos apoyo de las salamandras para capturar con rapidez y silenciosamente al golem, así no alertará a los de adentro.

- Correcto, voy a hacer un llamado a los seres mágicos que habitan en las cercanías.

Danther buscó pero no encontró a ningún ser mágico a los alrededores, tuvo que caminar bastante hasta llegar a una aislada arboleda, levantó su báculo y golpeó en la base de uno de los árboles, la energía mágica desplegada por el impacto conmocionó el tronco del árbol y de él surgió en forma de remolino de viento un pequeño duende algo atarantado al que Danther le dijo.

- Te ordeno que vayas al puente del diablo en San Gotardo y le digas a Anjana y a Doto que necesito a las Salamandras de inmediato aquí... ¡Vamos de prisa!

Danther después de eso regresó con Belucina.

- ¿Todo en orden Danther?

- Qué extraño, no encontré elementales cerca, tuve que caminar hasta aquellos árboles apenas ahí encontré un duendecillo al que le ordené que llevara el mensaje a Anjana.

Comentó Danther.

Pero Belucina concentrada en el campo de fuerza no prestó mucha atención a lo que Danther acababa de decirle.

- Lo único que tengo que hacer es encontrar el borne que alimenta el campo de fuerza y cubrirlo con mi capa mágica, de ese modo el golem no se dará cuenta que lo desactivamos. "Comentaba Belucina, como hablando con ella misma" pero no puedo hacer esto hasta que las salamandras estén aquí, este golem fue hecho de lava, ahora es un ser de fuego y sólo otro ser de fuego puede controlarlo, ¡necesitamos a las salamandras inmediatamente!

- Ese razonamiento es el correcto, las salamandras ya están en camino, el duendecillo de los árboles que mandé ya seguramente entregó el mensaje, no tardan en llegar.

Dijo Danther al darse cuenta de que Belucina se había abstraído en sus razonamientos y no escuchó lo que él anteriormente le comentó.

- ¡Oh si claro, claro! Una vez que nos encarguemos del golem, la puerta quedará a nuestra disposición para deshacer el conjuro y asegurar la entrada.

Comentó Belucina.

- Así es, sólo que tendremos que ser cuidadosos al momento de romper el hechizo de la puerta, lo más probable es que esté custodiada también por dentro.

Respondió Danther.

- Eso puede representar dos cosas, la primera es que puede existir alguna trampa que se dispare al momento de romper el hechizo, cosa que se me hace poco probable, ellos mismos a la hora de salir o entrar se expondrían al peligro, la segunda es que tenga algún dispositivo que les informe que la puerta fue franqueada.

Comentó Belucina.

- Ciertamente eso me tiene sin cuidado, de todos modos no tienen por donde escapar.

Dijo Danther al tiempo que comenzaron a llegar las salamandras (ninfas de fuego), fueron formándose en grupos alineados esperando órdenes de Danther.

- ¿Quien está al mando?

Preguntó Danther.

Una de ellas pasó al frente y dijo.

- Mi nombre es Higna y estoy al mando.

- Bien la puerta está ubicada exactamente enfrente, lo que aparenta ser un muro de roca es sólo un hechizo para ocultar su existencia, está custodiada por un golem cancerbero de piedra incandescente, el plan es desactivar el campo de fuerza a cargo de Belucina e inmediatamente ustedes de manera rápida y silenciosa inmovilizaran al golem y se lo llevarán de aquí, ¿alguna pregunta?

Dijo Danther.

- ¿Es posible que una vez desactivado el campo de fuerza ustedes puedan apartarse del escenario de enfrentamiento?... Porque las temperaturas que se producirán serán muy altas y el movimiento de los soldados será muy veloz.

Respondió Higna.

- No creo que exista inconveniente con eso.

Dijo Danther.

- Una pregunta más... ¿Al momento de llevarnos al golem nos retiramos todas o precisa que parte de nosotras se queden con ustedes?

Preguntó Higna.

- Sería de gran utilidad si algunas se quedan para asistirnos al momento de romper el conjuro y abrir la puerta, no sabemos que nos espera del otro lado.

- Correcto Danther así se hará.

- Bien adelante, Belucina usted primero, ¡Higna! nosotros iremos con cuidado detrás de Belucina pero sólo cuando el campo esté desactivado podrán actuar.

- Así se hará Danther.

- En marcha.

Ordenó Danther en voz baja.

Sigilosamente avanzaron las salamandras por diferentes flancos rodeando la entrada, Belucina se adelantó y se paró exactamente al frente de la puerta de acceso, extendió su mano e hizo aparecer una gema parecida a un gran diamante de color rosa, lo elevó por sobre su cabeza y cuando los rayos del sol atravesaron el cristal, la luz del sol se dividió en siete colores tocando toda la base de la gigantesca puerta, pero de inmediato los rayos de luz comenzaron a torcerse uniéndose todos en un sólo punto, formando una figura romboidal entre la gema y la base de la puerta donde se reunieron todos los rayos de luz, exactamente ahí se encontraba el borne de energía que daba origen al hechizo puesto para esconder la puerta de acceso a la montaña, Belucina caminó directamente al lugar y depositó la gema en el punto donde estaba el borne de energía, se dio vuelta y le hizo una señal a Danther para que se acercara a ella, una vez que él se paró a su lado, ella se sacó la capa y la arrojó sobre el punto donde se encontró el borne de energía, inmediatamente el muro que aparentaba ser la ladera de la montaña desapareció y en su lugar se pudo ver una gran abertura practicada sobre la roca de la montaña, el golem de magma dormía parado apoyado en uno de los costados de la entrada, el calor que emanaba era tan intenso que Belucina tomó la mano de Danther e inmediatamente se elevaron a gran velocidad, en ese momento las salamandras dirigidas por Higna inmovilizaron con fuertes lazos de fuego al golem y sellaron su boca para que no les escupiera lava, se necesitaron muchas salamandras para transportarlo por aire, cuando llegaron al río lo dejaron caer y al momento que el golem tocó el agua del río levantó una gruesa nube de vapor enfriándose bruscamente, luego las nereidas (hadas del agua) lo convirtieron en grises e inofensivas rocas que ahora forman parte del paisaje del río, mientras Belucina y Danther que estuvieron observándolo todo desde lo alto, regresaron nuevamente al sitio donde se encontraba la puerta de acceso a la montaña, esta vez completamente a su disposición al menos por afuera, Belucina recogió su capa y la gema que se habían quedado en el suelo, mientras Danther revisaba la puerta de acceso.

- Higna creo que ya es hora de llamar a todos los demás.

- Enseguida Danther.

Higna ordenó a un grupo de salamandras a que fueran en busca de Anjana, Doto y todos los demás de la fuerza que esperaban ansiosos el llamado.

- Belucina, ¿Cree que podríamos usar ese espejo que usted tiene para ver del otro lado de la puerta? lo que percibo no puedo definirlo con claridad.

- Claro que si Danther, pero creo que es mejor esperar a que lleguen todos... Sería muy arriesgado enfrentar nosotros y éste grupo de salamandras a lo que sea que esté detrás de esa puerta, no se olvide que el espejo sólo ve lo que es evidente, no sabemos que puede haber detrás de todo esto, la montaña por dentro es muy grande.

- Está bien esperaremos... Pero existe algo que desde que llegamos me preocupa, no he visto ni un sólo gnomo silvestre en la zona y de verdad me parece demasiado extraño.

Comentó Danther.

- ¡Tal vez se deba a que presintieron el peligro y se marcharon!

- No lo creo Belucina, los gnomos por lo general a pesar de su tamaño, son seres muy valientes y defienden con la vida su territorio.

– Bueno eso yo lo sé, pero cuando se trata de la familia a veces es mejor alejarse del peligro ¿no lo cree?

Dijo Belucina.

- Algo está pasando con los gnomos silvestres, no es normal que no aparezca ninguno, aunque sea por curiosidad.

De pronto, Danther y Belucina giraron sus rostros y se miraron fijamente por un instante, como si ambos al mismo tiempo cayeran en la misma conclusión.

- ¿Está pensando lo mismo que yo?

- Es que no le encuentro otra explicación a esto Belucina.

- Entonces creo que si será necesario mirar detrás de la puerta, antes de romper el conjuro.

Finalmente Belucina cambió de opinión al ver que las cosas eran más misteriosas de lo que parecían, por lo tanto no dejaría ninguna posibilidad al azar, un error podría ser la diferencia entre la vida y la muerte, inmediatamente decidió investigar a través de su espejo mágico lo que realmente estaba pasando detrás de esa puerta.

- Esta puerta fue construida en la época en que habitaban los gigantes en la tierra al parecer.

Comentó Danther.

- Es posible... Ahora sabremos qué pasa, caminemos un poco más alejados de la puerta para tener una imagen completa.

Propuso Belucina.

- Danther y Belucina se alejaron lo suficiente y cuando a través del espejo de Belucina observaron lo que ocurría detrás de la puerta se sorprendieron.

- ¿Son jaulas colgadas sobre toda la puerta?

Preguntó Danther.

- Si y en ellas tienen cautivos a los gnomos y duendes silvestres que habitaban en las cercanías.

- Estaba en lo cierto yo sabía que algo extraño ocurría Belucina, tuve que ir hasta las arboledas que se ven a lo lejos a buscar un pequeño duendecillo que fuera de mensajero.

- Lo hicieron pensando en dos cosas, primero evitar que los gnomos y duendes delataran su presencia aquí y segundo si alguien rompía el conjuro, al caer la puerta los que morirían primero serían ellos prisioneros en sus jaulas.

Dijo Belucina.

- Esto nos pone en un dilema, porque no podemos romper el conjuro, pondríamos en peligro la vida de los gnomos y duendes cautivos.

Comentó Danther.

- Tengo una idea, convocaré a todos los roedores del campo, les ordenaré que se metan por debajo de la puerta y liberen a los gnomos y duendes.

Dijo Belucina.

Danther se quedó mirando a Belucina como preguntándose si eso sería posible.

- ¿Soy todavía un hada... O no?

Replicó Belucina.

- Eso es verdad Belucina pero creo que no estamos teniendo en cuenta una cosa.

Dijo Danther.

- ¿Qué es?

Danther, que tuvo la oportunidad de percibir la energía que se sentía al estar tan cerca de la puerta razonó y sacó una conclusión y finalmente dijo.

- Detrás de esa puerta todo está impregnado de una fuerza oscura con una inmensa carga negativa y es una influencia tan grande que transformará a cualquiera que entre sin romper el conjuro antes; si metemos a los animales directamente, los expondremos a una muerte segura, en este mismo momento los gnomos y duendes que están cautivos seguramente ya no son los mismos.

Por un momento la mente de Belucina se trasladó hasta las jaulas de los gnomos y duendes, pudo ver en lo que se habían transformado, sus grotescas imágenes y la violenta actitud de unos contra otros, mostraba que ciertamente ya no eran los mismos, Danther al ver que Belucina se cubrió con sus manos la cara completamente impresionada, le preguntó.

- ¿Está usted bien Belucina?

- Están muy cambiados... ¡Me impresioné al verlos tan diferentes!.. Pero en fin que podemos hacer.

- Belucina... ¿Ese espejo puede proyectar lo que ve, hacia afuera?

- Por supuesto que sí, observe.

En ese instante Belucina movió su mano en círculos y frente a ella se creó una nube de color púrpura, sostuvo su espejo mirando hacia la puerta por sobre su hombro y de la parte posterior del espejo salían infinidad de rayos que proyectaban sobre la nube de color la imagen de lo que se veía detrás de la puerta, bastó un movimiento de su varita mágica para dejar el espejo suspendido en el aire... Cuando Danther vio eso exclamó.

- Entonces, ya tengo la solución.

Danther se puso su gorro de mago y levantó muy alto su báculo hacia el cielo y clamó con voz muy potente un llamado al espíritu de la naturaleza, no pasó casi nada de tiempo y se hizo presente en forma de una bellísima doncella, coronada de flores, sus pies no tocaban el suelo, flotaba sobre una nube de pajarillos de diferentes colores; de pronto por donde ella pasaba todo lo árido se cubría de verde y de flores, ella se acercó a Danther y le preguntó.

- ¿Para qué me llamaste mago Danther?

- Me honras con tu presencia oh gran espíritu de la naturaleza, gracias por acudir a mi llamado, la razón es porque quiero pedirte permiso para convocar aquí a los espíritus de grupo de los animales roedores existentes en esta región.

- ¿Cuál sería la razón por lo que te permitiría hacer algo así mago Danther?

Danther le muestra a través de la nube que creó Belucina, las imágenes de los gnomos y duendes cautivos detrás de la puerta, y le dijo.

- Mira lo que sucede detrás de esa gigantesca puerta.

- Ya veo, ¿pretendes que los roedores entren a liberar a los gnomos y duendes?

Preguntó el Gran espíritu de la naturaleza.

- Así es, pero sobre esa puerta pesa un conjuro de oscuridad pura, si lo rompo la puerta se desplomará y matará a todos los cautivos que viste colgados en las jaulas.

- Pero para enviar a los roedores a rescatar a los cautivos no precisas de los espíritus de grupo mago Danther, tú mismo puedes dar la orden y te obedecerán.

- Eso está muy claro... Lo que ocurre es que cuando los roedores pasen del otro lado de la puerta, estarán expuestos a la influencia de esa fuerza de oscuridad pura, tan poderosa que van a ser convertidos en su carácter, se volverán agresivos y pueden caer víctimas de sus propias acciones o de las acciones de los demás cautivos que ya están contaminados.

Comentó Danther.

- ¿Entonces como pretende resolver esto mago Danther?

Preguntó El Gran espíritu de la naturaleza.

- Si los espíritus de grupo no penetran el recinto y se quedan de este lado dirigiendo a los roedores a través de las imágenes que proyecta el espejo de Belucina, la influencia de la fuerza de oscuridad no tendrá efecto sobre los cuerpos de los roedores, por lo que podrán liberar a los cautivos sin riesgo de ser contaminados.

Sin duda no todos estarán totalmente fuera de peligro porque tenemos que considerar que los gnomos y duendes están influenciados por el mal y aparte hambrientos, así que es posible que tengamos algunas bajas, pero considerando la agilidad de los roedores seguramente serán muy pocas, lo que pretendo es salvar la mayor cantidad de vidas posibles.

- Comprendo mago Danther, por lo que veo es una situación muy especial...Te sea concedida tu petición.

De inmediato comenzaron a llegar por todas partes, conejos, ardillas, ratones de campo, liebres, castores, topos, etc. También se hicieron presentes sus respectivos espíritus de grupo a los cuales Danther enteró del problema a resolver y les explicó la estrategia a seguir, todos se ubicaron frente a la gigantesca puerta y Danther habló con los animales en presencia de los espíritus de grupo de cada especie, así pudieran entender de qué se trataba y les dijo.

- Antes que nada quiero presentarme, mi nombre es Danther presido el consejo de seres mágicos y mundos elementales, agradecemos su colaboración a esta causa, después que crucen esa puerta, se expondrán a verdaderos peligros y debo decirles que estará en riesgo sus vidas, pero su destreza y agilidad serán un factor determinante para evitar ser lastimados, deben saber que los gnomos y duendes que están cautivos allí adentro, no son los mismos que ustedes conocen...Ellos están influenciados por una terrible fuerza de oscuridad que transformó su carácter y los convirtió en seres agresivos y malvados, que no dudaran ni un segundo en matar a cualquiera de ustedes si estuvieran a su alcance, por lo que sería un grave error creer que siguen siendo sus amigos como cuando estaban en el campo, eso no será así, no se deben confiar por más amigables que les parezcan, también deben saber que al estar cautivos sin duda están muy hambrientos, eso los hace doblemente peligrosos por lo que su trabajo será moverse con mucha rapidez, roer las ataduras de las puertas hasta casi cortarlas, luego salir inmediatamente, no corten totalmente las amarras porque si se liberan antes de que ustedes puedan salir podría ser mortal para todos... Bien, castores, liebres conejos y topos hagan túneles por debajo de la puerta, ¡muchos! para tener varias vías de escape. Ustedes ratones y ardillas estarán encargados de entrar y roer las amarras de las celdas, ya saben casi hasta el final no corten totalmente las amarras, trabajen rápido y luego afuera; ardillas y ratones aquí conmigo deberán actuar todos juntos, entrarán en total silencio por los laterales de las jaulas para que no los vean, se ubicarán cinco por cada jaula, uno sobre las amarras y los otros esperarán su turno en el techo de la jaula cuando el que está royendo sienta que se cansó sale y entra el siguiente, no caminen sobre los barrotes unitarios sólo por donde hay barrotes dobles para que no los vean, no comiencen a roer si no están todos en posición, sus espíritu de grupo les darán la orden de comenzar.

Cada quien en la jaula que eligió, recuerden que al momento que terminen de roer las amarras casi a punto de cortarlas deben volver, si los gnomos y los duendes alcanzan a ver su pronta liberación se desesperarán y comenzarán a sacudir las puertas para salir, eso puede provocar que las amarras se corten rápidamente y ya les dije el peligro que eso representaría, así que no se distraigan, salgan inmediatamente espero que les haya quedado claro... Ahora todos se formarán en línea detrás de cada agujero hecho por los castores, conejos, topos y liebres,... en marcha.

Tanto ardillas como ratones dirigidos por sus respectivos espíritus de grupo se alinearon detrás de cada agujero construido por los castores, conejos, liebres y topos, como Danther se los pidió esperando la orden para entrar.
Dos castores que ya habían terminado su trabajo comentaban... "Uno se llamaba Molo y el otro Güilo".

- Antes no se veían estas cosas, ahora nosotros tenemos que andar salvando duendes y gnomos.

Comentó Molo.

- Bueno tómalo como una aventura al fin nosotros no estamos arriesgando casi nada.

Le Contestó Güilo.

- Como no y nuestro prestigio de brillantes constructores de represas donde queda, ahora nos llamarán los salvavidas silvestres en vez de castores.

Respondió Molo un tanto molesto.

- Mira a esas pobres ardillas y a esos temerosos ratones van a arriesgar su vida para salvar a los gnomos y duendes cautivos, ellos si merecen que los llamen salvavidas, nosotros sólo hicimos unos cuantos hoyos y ya.

Respondió Güilo.

- Eres un envidioso, ¿ahora pretendes quitarnos el crédito y dárselo todo a los ratones y a las ardillas?

Dijo Molo ya totalmente ofuscado.

- ¿Me llamaste envidioso?

Le replicó Güilo.

- Si y lo sostengo eres un envidioso.

Lo reafirmó Molo con una actitud
totalmente desafiante.

- Molo eres un egoísta, estas hambriento
de reconocimiento, mejor me voy de aquí
no quiero seguir esta conversación
absurda.

- ¿Me llamaste absurdo?

Preguntó Molo casi a punto de salirse de
quicio, a lo que Güilo mucho más
coherente que su amigo Molo respondió...

- ¡No, te llame egoísta! adiós.

Mientras que en la línea de las ardillas y
ratones las conversaciones eran
completamente diferentes.
Un ratón de campo llamado Coturno
conversaba con Doda una ardilla de tierra.

- Y tú que hacías antes de todo esto.

Preguntó Coturno.

- Yo... buscaba un fruto que enterré pero no me acuerdo donde.

Respondió Doda.

- ¿Ustedes entierran la comida?

Preguntó Coturno con una expresión de intriga en su rostro.

- ¡Por supuesto!... ¿Ustedes no?

Respondió Doda.

- No, nosotros todo fresquecito recién cortado.

Dijo Coturno

- ¿Y en invierno como se alimentan?

- Preguntó Doda

Coturno espera un momento antes de contestar, se rasca la cabeza, está pensando en una respuesta que logre explicar con exactitud cómo hacen ellos para alimentarse en el invierno... Finalmente parece que ya la tiene y le dijo.

- Bueno en los hueco de los árboles acumulamos frutos secos, pero gran parte del tiempo la pasamos durmiendo, solo cuando tenemos mucha hambre salimos a buscar la comida que guardamos en los árboles.

Luego de un largo rato conversando, Doda preguntó.

- ¿Cómo te llamas?

Coturno rápidamente le contestó.

- ¿Coturno y tú?

- Doda... ¿Te puedo preguntar algo, Coturno?

- ¡Claro, lo que quieras!

Respondió Coturno ávido de curiosidad.

- ¿Por qué tiemblas tanto, tienes frío?

Coturno un tanto dubitativo le respondió.

- No, Tengo miedo.

Doda al ver la sinceridad del ratoncito, decidió ayudarlo contándole un consejo que su Mamá le dio para que nunca tuviera miedo.

- Mamá siempre me decía que cuando tuviera miedo, tratara de separar el cuerpo de la mente.

- ¡Cómo!, eso es imposible, está todo junto no se puede.

Respondió Coturno totalmente seguro de que eso no se podía hacer.

- Si miras por encima de todo, por arriba del temor a que te lastimen, si logras ver por arriba del miedo sabrás que hacer, porque el miedo querido ratoncito, te paraliza y eso si te puede matar.

De pronto Coturno sintió que un nuevo universo se abría delante de él con las palabras que Doda acababa de pronunciar, se quedó pensativo por un momento tomándose con la mano su pequeña barbilla y no tardó en demostrar su asombro diciendo.

- ¡Claro! o sea que la solución es mirar por arriba de las cabezas de los demás, así veré la salida, no dejar de moverme, pensar y pensar rápido; eso es, eso es, gracias Doda eres una buena maestra me ayudaste, ya no tengo miedo.

Pero en ese preciso momento alguien de la fila estornudo de una manera muy estrepitosa y Coturno dio un sólo brinco y se abrazó de Doda.

- ¡Coturno sólo fue un estornudo!

A lo que Coturno todo ruborizado respondió.

- Si, si ya me había dado cuenta, estoy bien, estoy bien.

- Qué bueno Coturno así es mejor.

Coturno a pesar de su pavor se sobrepuso al recordar las palabras de Doda e inmediatamente se soltó de su cuello y recuperó su postura de gallardo ratón valiente.

Mientras... Llegando casi al final de una de las filas del centro, un grupo de ratones ideaban un plan para escapar en caso de que las cosas se complicaran, como ellos venían del mismo lugar en las montañas, eran amigos. Tres de ellos eran los cabecillas llamados Catano, Copino y Caciopo.

- Creo que tengo la solución en caso de que no podamos salir.

Dijo Catano.

- Seguramente vas a salir con alguna tontería.

Comentó Copino.

- No... Es en serio, yo escuché a un trastolillo que hablaba de una salida de la montaña, por la base del Puente del diablo.

Replicó Catano.

- Y que te hace pensar que eso es cierto, ¿tú lo viste con tus propios ojos?

Comentó nuevamente Copino.

- Bueno, tanto insistía el trastolillo que tuve la curiosidad y fui... ¡Efectivamente es así!

- ¿Es así?

Exclamaron todos al unísono, nunca imaginaron que estuviera hablando en serio y menos que se haya arriesgado a ir hasta el Puente del diablo a corroborar la historia del trastolillo, ¡aparte guardar el secreto por tanto tiempo!

- Bueno... Antes piensen que estamos como a dos horas del puente y por dentro de la montaña esa distancia puede ser gigantesca.

Acertadamente comentó Caciopo.

-¿Por qué dices eso?

Preguntó Copino.

Antes de que Caciopo respondiera Catano se adelantó y les dijo.

- ¡Recuerden que la montaña por dentro es obscura y tiene muchas galerías, será muy fácil perdernos ahí dentro...

Luego de un largo silencio y un cuadro de miradas azoradas, Catano les dijo.

- ¡Ah! ¿Ya les dio el ataque de pánico verdad?... Escuchen, yo tengo la solución... Nos guiaremos por el olfato, de donde venga el aire fresco ahí está la salida.

Catano estaba totalmente en lo cierto era una brillante idea, Copino y Caciopo aceptaron sin poner ninguna objeción diciendo.

- Es totalmente correcto, trato hecho así le haremos.

En ese preciso momento comenzó a temblar la tierra como si una gigantesca manada de búfalos galopara en las cercanías, de pronto todos se sorprendieron al ver la llegada de un sinfín de magos y seres de todos los elementos, lo extraño es que al final de todo venía con ellos algo que nadie comprendía...
Eran cuatro círculos de colores encendidos azul, violeta, rojo, verde.
De pronto destellaban chispas de luz blanca, Belucina fue la primera en darse cuenta de su presencia, por lo que inmediatamente le preguntó a Danther.

- ¿Qué son los círculos de colores que flotan al fondo?

Danther al darse la vuelta, miró y exclamó con alegría.

- Qué gran alivio, por primera vez fuerzas celestiales se unen a nosotros para pelear en una causa común.

Belucina al no comprender a que fuerzas celestiales se refería Danther, le dijo.

- No comprendo a que te refieres cuando dices fuerzas celestiales.

- Belucina, esos que usted ve al fondo, son Ángeles enviados por el Cielo, lo que me hace suponer que lo que vamos a enfrentar es bastante delicado, ellos no estarían aquí de no ser así.

A Belucina todavía no le quedaba muy claro todo eso de las fuerzas celestiales y de los Ángeles presentes en el lugar, así que insistió en buscar una explicación y preguntó nuevamente.

- ¿Entonces significa que nos vamos a casa y ellos harán el trabajo?

Preguntó Belucina otra vez.

- Belucina, el cielo no se entromete en los asuntos de libre elección de los hombres, pero en éste caso al existir fuerzas de oscuridad, ellos están presentes para que la contienda no sea desigual, si los Ángeles caídos actúan en contra nuestra, ellos lo harán a nuestro favor.

Una gran tensión y suspenso inundó todo el ambiente, ahora todo estaba en manos de las pequeñas ardillas y ratones que debían hacer el trabajo para liberar a los cautivos que pendían en la puerta, para después poder romper el conjuro y por fin entrar a la montaña.
Danther se ubicó en un lugar alto y desde allí se dirigió a todos.

- Su atención por favor, ha llegado el momento de actuar, no espero de ustedes más que entrega y valor, después que las ardillas y ratones liberen a los duendes y gnomos cautivos romperemos el conjuro de la puerta y la puerta caerá, entonces todos avanzaremos hacia lo profundo de la montaña; seguramente se estarán preguntando ¿qué esperamos encontrar dentro de la montaña?...

De acuerdo a la información que logramos obtener, es presencia de brujas y brujos negros, servidores del mal y seguramente varios engendros creados por ellos, pero no están solos, se sabe que los asisten seres de oscuridad, su rango lo desconozco pero juzgando por la presencia de los Ángeles de luz enviados por el cielo no son inofensivos, así que recomiendo a los magos siempre moverse en pareja, de igual modo para los elementales aquí presentes, a blandir sus báculos y sus varitas que ha llegado la hora... Ardillas y ratones ¡"Avancen"!

Los espíritus de grupo de cada especie se posicionaron frente a la pantalla de nube que creara Belucina, sobre la cual se proyectaban a través de su espejo mágico las imágenes de los movimientos tanto de ratones como de las ardillas, para guiarlos adecuadamente, los ratones y las ardillas entraron por los agujeros ubicados por debajo de la puerta, hechos por los castores, topos, conejos y liebres, adentro se respiraba un ambiente gélido, todo era lúgubre, silencioso, sólo se escuchaba el murmurar de los elementales cautivos, las jaulas estaban dispuestas ordenadamente una al lado de la otra, desde abajo hasta llegar a lo más alto de la puerta, los ratones y las ardillas comenzaron a trepar

ubicándose en el techo de cada jaula,
cinco por cada una como estaba planeado.
Las puertas se abrían en dos hojas y los
bastidores centrales se extendían un poco
más abajo y más arriba de las dimensiones
de la jaula, de modo que los lazos
amarraban las puertas tanto arriba como
abajo, los captores se aseguraron que las
amarras estarían lejos del alcance de los
duendes y gnomos así no escaparían
jamás; lo malo de todo esto es que se
duplicaría el trabajo, puesto que cada
grupo debería liberar las amarras de dos
jaulas, la amarra superior de la jaula de
abajo y la amarra inferior de la jaula de
arriba, también el riesgo crecía porque
todos ahora deberían ser mucho más
precisos, antes el trabajo se haría entre
cinco, en cambio ahora serán dos para
cada amarra y el restante trabajará de
remplazo del que se canse primero, casi un
acto circense de equilibristas, cuando ya
todos estuvieron en posición los espíritus
de grupo ordenaron el comienzo de las
actividades, cada grupo comenzó a roer
hasta el límite de sus fuerzas, el que se
cansaba se bajaba de las amarras y
continuaba el otro, sólo había un solo
cambio para los dos grupos mientras el
que salía descansaba, más tarde
reemplazaría nuevamente a un compañero

de alguno de los dos grupos.

Cuando comenzaron todos a roer, el ruido que provocaban los dientes de los roedores cortando las amarras llamó la atención de los elementales cautivos, ellos escuchaban el ruido pero no identificaban de dónde provenía, comenzaron a inquietarse, se movían de un lado para el otro en las jaulas colgadas de la gigantesca puerta, lo que hacía que los que estaban cortando las amarras de la jaula de arriba perdieran el equilibrio, arriesgándose a una caída al vacío, se suscitaron algunos incidentes de riesgo pero todo salió bien, el trabajo continuó, los gnomos y duendes poco a poco se fueron calmando, se acostumbraron al ruido, por no identificar su procedencia interpretaron que venía del exterior, como cuando llovía y el agua golpeaba contra la puerta, el tiempo fue pasando y el trabajo casi se terminaba, sólo que en el grupo en donde estaba Coturno y Doda había cierto retraso, por culpa de Coturno que le había tocado roer las amarras de la jaula de arriba, como Doda estaba más alta servía de soporte para que Coturno hiciera el trabajo.

- Coturno tienes que apurarte ya casi todos terminaron.

Dijo Doda.

- Que quieres, tengo los dientes algo pequeños.

Contestó Coturno bastante preocupado.

- ¿Tienes hambre?

Preguntó nuevamente Doda.

- ¿Qué pregunta es esa Doda?, sabes que siempre tengo hambre, soy un ratón.

Entonces Doda tuvo una brillante idea para hacer que Coturno trabajara más rápido con sus diminutos dientes.

- ¡Coturno imagínate que la cuerda es una robusta almendra!

Al escuchar lo que Doda acababa de decir, Coturno abrió grandes sus ojos y de inmediato hecho a volar su imaginación cosa que no le costaba demasiado trabajo hacer.

- Doda te adoro, siempre me ayudas a solucionar todo, que buena idea... Mmm

- Si bueno está bien, pero ya no hables tanto Coturno mejor sigue cortando y no te vayas a comer las amarras.

- ¿Doda te puedo decir algo?

- ¡Si Coturno! Pero que sea rápido.

- Qué pena que no naciste ratoncita.

Dijo Coturno.

- ¿Por qué, no te gusta como soy? o ¡te parezco fea!

Respondió Doda un poco incómoda.

- No, sólo que si fueras ratoncita ya estaría enamorado de ti.

Doda abrió grande sus ojos y simplemente se quedó en silencio, mientras que en la última jaula... Caciopo, Copino y Catano ya habían terminado la tarea y esperaban la orden para bajar.

- Escúchenme ¿ya vieron a los duendes y a los gnomos como se ven?

Preguntó Copino.

- ¡No! Respondieron al unísono Caciopo y Catano.

- ¿Nos asomamos a verlos?

Insistió Copino.

- ¿Que dices tú Catano?

Preguntó Caciopo.

- Miren es mejor no arriesgarnos, cuando ya estemos abajo antes de salir nos alejamos un poco hacia adentro de la montaña para verlos desde lejos, ¿qué les parece?

Copino y Caciopo completamente entusiasmados dijeron.

- Trato hecho, así es más seguro.

Las dos especies recibieron órdenes de los espíritus de grupo de regresar de inmediato, comenzaron a bajar en perfecto orden, cuando ya casi todos salieron, Copino, Catano y Caciopo, que estaban en la última jaula, fueron los últimos en bajar, al ver que no traían a nadie detrás consideraron que no había tanta prisa de salir y se les hizo fácil apartarse de la puerta adentrándose un poco hacia lo profundo de la montaña con el fin de ver la transformación que habían sufrido los gnomos y duendes por estar expuestos a la terrible fuerza de maldad, en la medida que se adentraban comenzaron a divisar a los duendes y gnomos cautivos, su imagen era aterradora, pero no sólo los ratones veían a los gnomos y duendes, ellos también veían a Copino, Catano y Caciopo, después de tanto tiempo de no probar ni un bocado de comida los tres ratones eran un manjar que nadie estaba dispuesto a despreciar, por lo que desesperados comenzaron a dar coces contra las puertas, las amarras que estaban a un tris de cortarse rápidamente cedieron y las puertas fácilmente se abrieron, Copino, Caciopo y Catano al ver que los elementales se habían liberado trataron de huir, pero ya era tarde los duendes y gnomos les habían cortado el paso a la salida, sólo les quedaba correr hacia lo profundo de la montaña; la carrera fue desesperada, trataban de moverse lo más rápido que sus pequeñas patas les permitían, inteligentemente dejaban a su paso cuanto obstáculo encontraban con el fin de ganar tiempo, rodeaban las estalagmitas, se metían por una galería y salían en otra, esquivaban los zarpazos de los elementales como podían, gritaban desesperados pero nadie los escuchaba, Caciopo logró treparse a un montículo y de allí saltó a una pequeña cueva en la cual apenas entraba, un elemental que lo venía persiguiendo metió sus garras en la pequeña cueva tratando de alcanzarlo, pero por fortuna era lo suficientemente profunda como para permanecer lejos del alcance de sus garras, Copino y Catano seguían corriendo tratando de salvar su vida; mientras afuera todos los ratones y ardillas descansaban pero Danther que estuvo todo el tiempo al pendiente del interior de la montaña, comentaba con Belucina y Anjana.

- Este es el momento ideal para entrar.

- Fue una buena idea poner a esos ratones traviesos al final.

Comentó Belucina.

- Es que era totalmente predecible, su curiosidad inevitablemente los llevaría a hacer exactamente lo que hicieron.

Dijo Danther.

- Eso permitió sacar rápidamente a todos los elementales de sus jaulas, pero si no abrimos pronto la puerta, lamento informarle que tendremos tres ratones menos.

Exclamó Anjana un tanto preocupado.

Al escuchar Danther lo que dijo Anjana volteó a mirar la pantalla, fue entonces cuando vio que los elementales cautivos tenían contra un muro acorralados a Copino y Catano casi a punto de ser atrapados, sin pérdida de tiempo dijo.

- Debemos actuar de inmediato.

Con total premura, Belucina, Anjana, Doto y Danther rápidamente tomaron posición frente a la gigantesca puerta, Belucina y Danther levantaron su varita y su báculo respectivamente, mientras que Anjana y Doto concentraron gran energía entre sus manos a la altura del centro de su cuerpo formando una gran bola de fuego de color azul, se miraron y todos al mismo tiempo dispararon su energía contra la gigantesca puerta, pero la sorpresa fue que no lograban atravesar el campo de fuerza que producía la energía maligna que protegía la puerta desde el interior, se miraron nuevamente y dispararon otra vez pero con más intensidad, de igual modo no pudieron penetrar la capa de protección del conjuro.

- Nuestra energía no es suficiente.

Dijo Anjana preocupado.

- Atrás todo mundo, magos y elementales en general, preparen sus armas dispararemos todos a la vez.

Ordenó Danther.

Todos se alejaron a una distancia prudente y al unísono, dispararon sus energías contra la gigantesca puerta, pero a pesar que el impacto fue tremendo, la fuerza energética de todos no fue suficiente, se quedó acumulada en el campo de protección de la puerta por un momento y luego desapareció, jamás lograron penetrarlo; agotados y desconcertados todos miraban a Danther buscando una solución, pero de pronto desde el fondo vino la respuesta a sus preguntas, los Ángeles enviados por el cielo lanzaron un rayo de luz blanca muy intenso, tan intenso, que casi deja ciegos a todos, la luz chocó contra el campo de protección de la puerta, provocando un estrepitoso impacto y poco a poco fue abriéndole un agujero en el centro que comenzó a desplazar la energía maligna hacia los costados en forma diametral, cada vez el agujero se hacía más y más grande en la medida que el haz de luz crecía, hasta que de repente sobrevino una terrible explosión que destrozó la puerta en mil pedazos... Por un corto tiempo todo se convirtió en una enorme nube de polvo y silencio, momentos después todo comenzó a verse más claro, la puerta había caído, todos lanzaron un grito de victoria y se abrazaban unos a otros, al caer la puerta la entrada quedó abierta completamente y la luz del sol penetró el interior de la montaña llegando hasta donde estaban los elementales que habían acorralado a Copino y Catano, estos al ver que todo se iluminó se dieron la vuelta para ver de dónde provenía el resplandor, cuando la luz del sol les pegó en la cara su grotesca imagen comenzó poco a poco a desvanecerse, todos volvieron a ser gnomos y duendes normales, aturdidos y desconcertados comenzaron a caminar hacia la salida, cuando pasaron donde se encontraba la puerta, el paisaje que se miraba era el de una destrucción devastadora, la puerta completamente destruida, las jaulas en las cuales habían estado cautivos yacían aplastadas y dispersas por todos lados, tras una tenue nube de polvo, los gnomos y duendes salían en grupos y un gran suspenso invadía el ambiente, nadie sabía que suerte habían corrido Copino, Caciopo y Catano, para cuando salió el último elemental la espera se tornaba angustiosa, ansiosos esperaban el milagro de verlos aparecer, pero el breve momento que transcurría se hizo eterno para todos, la nube de polvo todavía existente no dejaba divisar con claridad el interior de la montaña, pero de pronto rumbo a la salida, tímidamente comenzaron a asomarse tres diminutas figuras, nadie podía asegurar si se trataba de ellos o no, la ansiedad era tan grande que muchos restregaban una mano contra la otra de los nervios, más un instante después no había duda, eran ellos, Copino, Caciopo y Catano se habían salvado, todo se convirtió en una gran algarabía, daban gritos de júbilo, sus congéneres rápido salieron a su encuentro y los levantaron en sus lomos, eran los héroes, ellos ni sabían por que los vitoreaban, pero de un modo u otro eran héroes al fin, si no hubiera sido por la curiosidad de estos tres traviesos amiguitos quizás nunca los elementales cautivos se abrían animado a empujar las puertas para salir de su prisión, por lo que genuinamente se ganaron sus laureles...

En fin.

De inmediato toda la manada de roedores, ratones, ardillas, castores, conejos, liebres y topos, habiendo cumplido exitosamente con su misión de rescate, dirigidos por sus respectivos espíritus de grupo retornaron a sus hogares llenos de alegría y cargados de anécdotas que seguramente les contarán a sus hijos y a sus nietos en esas largas noches de invierno de generación en generación.

Ahora venía la parte más delicada, penetrar la montaña y apresar a los malignos.

Anjana un tanto inquieto por lo que deparía el interior de la montaña decidió preguntarle a Danther.

- Danther, tenemos que ver de qué modo neutralizar la fuerza negativa para que no influya en nosotros como pasó con los gnomos y duendes silvestres.

- Tienes razón Anjana, aquí ya no tiene poder por la presencia de la luz del sol, pero en la medida que nos adentremos en la montaña, la fuerza de oscuridad será mayor y algunos de nosotros podrían resultar afectados.

Dijo Danther.

- Creo que lo mejor será pedirles a los Ángeles de luz que caminen delante de nosotros, su luz hará retroceder la fuerza de oscuridad, y todos estaremos protegidos.

Comentó Belucina.

- Nunca me había enfrentado a una fuerza negativa de tal magnitud, ¿a qué se debe tanta maldad concentrada en un mismo punto Danther?

Preguntó Anjana.

– Seguramente los brujos negros hicieron pasar a este plano de existencia a ángeles caídos de alto rango para lograr con éxito su plan, me temo que ellos por sí solos no tienen el poder para crear al homúnculo.

Comentó Danther.

- No debemos perder más tiempo hablemos con los Ángeles de luz, ya casi es mediodía, lo mejor será enfrentar lo que tengamos que enfrentar durante el día, por la noche seguramente la energía negativa será mayor.

Dijo preocupada Belucina.

- Tiene Usted razón Belucina, vamos.

Belucina, Anjana, Doto y Danther, se dirigieron hacia donde estaban los Ángeles de luz, pero mucho antes de llegar a ellos, sintieron una energía de mucho poder que les penetraba por los pies y provenía de ellos, entendieron entonces que no debían seguir avanzando y desde ese punto Danther se dirigió a los Ángeles diciéndoles.

- Antes que nada, queremos agradecer su ayuda y su presencia aquí, pero dada la intensidad de la fuerza negativa existente dentro de la montaña, nosotros en representación de todos los presentes, venimos a pedirles que sean Ustedes los que caminen delante de nosotros.

La voz del Ángel sonó en la cabeza de Danther, ¿su nombre? Un nombre antiguo... ¡Enoch!

- Estamos listos cuando deseen podemos partir.

Dijo Enoch.

- Adelante entonces, ahora mismo daré la orden para comenzar la avanzada.

Respondió rápidamente Danther mientras giraba para ir con la notica a los demás.

- Un momento Danther... Debes decirle a tus soldados que no traten de enfrentar a los ángeles caídos que están en el interior de la montaña, esa es nuestra tarea, ustedes deberán cumplir con atrapar a los verdaderos responsables de esto y nosotros recapturar a los ángeles caídos para regresarlos al lugar donde pertenecen.

Dijo Enoch.

- Comprendo, pero estaremos involucrados en la batalla ¿cómo evitaremos el enfrentamiento?

Respondió Danther.

- Estarán protegidos por nosotros, es nuestra promesa que no tocarán a nadie de ustedes.

Insistió Enoch.

- Siendo así procederemos como me lo pides.

Respondió finalmente Danther que luego junto a los demás se dirigieron a la puerta de la montaña nuevamente y frente a todos dijo.

- Hemos convenido con los Ángeles de luz, que nos acompañarán en esta misión e irán delante de nosotros, por petición de ellos no deberemos luchar en contra de los ángeles caídos existentes en el interior de la montaña, espero haberme dado a entender para que a nadie se le ocurra hacer el papel de héroe enfrentándolos, no es nuestra misión esa, nosotros nos concentraremos en la captura de las brujas y brujos negros, para desmantelar este complot y descubrir al responsable, espero que les haya quedado claro, ahora en marcha. Los Ángeles de luz descendieron de lo alto y se posaron delante del grupo, la intensidad de su luz gradualmente se redujo y ahora todos podían ver a tres seres alados con espadas flamígeras que destellaban lenguas de fuego, ellos sin cruzar palabra alguna por un breve momento miraron a todos y luego giraron comenzando a internarse en la montaña, todos los demás marcharon detrás, mientras caminaban por el interior de la montaña Danther conversaba con Belucina.

- La caminata será larga porque el recinto donde los brujos negros están realizando sus cosas está al lado del río, las nereidas y las salamandras están cuidando la salida que descubrieron los duendes debajo del puente, por las dudas se les ocurra tratar de escapar por ahí.

- Lo bueno es que los oscuros desconocen su existencia, eso nos favorece.

Respondió Belucina.

- Por eso es que no di la orden de entrar por esa puerta, aunque de ese modo hubiera sido mucho más fácil para nosotros; los oscuros y sus aliados ahora tendrían la oportunidad de esconderse en las galerías internas de la montaña, que son muchísimas y quizás nunca más los habríamos encontrado.

Comentó Danther.

- En la medida que nos acerquemos empezarán a sentir la presencia de la luz y reaccionarán, lo mejor será estar preparados por cualquier cosa.

Dijo Anjana.

A medida que avanzaban, la luz de los Ángeles hacia que la fuerza negativa retrocediera liberando a muchos elementales que habían quedado atrapados por la fuerza oscura, especialmente a gnomos que fueron sorprendidos cuando trabajaban en el interior de la montaña, al quedar fuera del alcance de la influencia negativa recuperaban su conciencia y su forma original, de inmediato corrían presurosos rumbo a la salida, en busca de la luz del sol.

Después de un largo rato de marcha, sorteando diferentes obstáculos y peligros los Ángeles de repente se detuvieron, Enoch se acercó a Danther y le dijo.

- Danther, es inminente que en cualquier momento saldrán a nuestro encuentro ángeles caídos, debemos aumentar la intensidad de nuestra luz, les ruego manténganse un poco más alejados de nosotros, nuestra energía será mucho más grande y no es bueno que estén tan cerca.

- Entendido así se hará.

Respondió Danther.

Inmediatamente Danther comunicó el pedido del Ángel a todos y detuvieron su marcha dejando que los Ángeles se alejaran.

Mientras, en el otro extremo entre las fuerzas malignas dos ángeles caídos venían avanzando atraídos por la presencia de la luz, uno era llamado moloquian (devorador de niños) y el otro zatnael (el tentador), de pronto todos vieron que el resplandor de los Ángeles de luz desapareció por completo, tanto del lado de Danther, como del lado de los ángeles caídos, por lo que causó mucha incertidumbre en ambos lados, moloquian y zatnael avanzaron corriendo al pensar que los portadores de la luz huían, mientras que Danther haciendo caso a lo que el Ángel Enoch le había pedido, dio la orden de que nadie se moviera; de repente surgieron de debajo de la tierra donde se habían escondido los tres Ángeles de luz sorprendiendo a los dos ángeles caídos y envolviéndolos en la energía de luz que ellos emanaban con mucha intensidad, los dos ángeles caídos al verse atrapados quisieron retroceder, pero el campo de energía no los dejó escapar así que se voltearon y enfrentaron a los Ángeles de luz diciéndoles.

- ¡Oh! Metatrones, ¿qué hacen Ustedes aquí?

Dijo zatnael.

- Ahórrate tus hipocresías zatnael, sabes perfectamente que estamos haciendo aquí, quieren venir por las buenas o a la fuerza ustedes deciden.

Respondió Enoch.

- ¿No quieren saber cuántos somos ni que hacemos aquí?

Preguntó sarcásticamente zatnael.

- No me tentarás, ahórrate el esfuerzo y contesta lo que te pregunté.

Una vez más advirtió Enoch.

- Que harán si decidimos que no iremos voluntariamente con Ustedes.

Preguntó el otro ángel caído llamado moloquian.

- Solo estoy respetando el protocolo divino, de ser por mí ya estaría llevándolos a rastras al lugar donde pertenecen.

- ¡Siempre hablas y hablas Enoch!, pero lo cierto es que tienes temor de actuar, no te atreves, estas a punto de caer en tus antiguas debilidades de hombre, ¿porque eso es lo que eras verdad? un simple hombre, hasta que Él te convirtió en el remedo de Ángel que eres ahora.

Dijo zatnael procurando enojar a Enoch.

- Ya te dije que no me tentarás, no desatarás mi enojo, última oportunidad, si no responden a la pregunta que les hice interpretaré que no quieren venir por su voluntad.

Dijo Enoch.

- Claro que no queremos ir por nuestra voluntad que espe...

Enoch no dejó que concluyera la frase y más veloz que un rayo se paró en frente de moloquian, metió la mano en la boca del ángel caído y extrajo su lengua roja como la de una serpiente y la estiró hasta que llegó al suelo sujetándola con un clavo de luz, lo inmovilizó por completo con grilletes luminosos clavados al suelo en las manos y en los pies, zatnael quiso defenderse desenvainando una espada de luz blanca, pero al ver esto los tres Ángeles de luz sacaron sus espadas flamígeras incandescentes, esto hizo que desistiera en su intento de defenderse y mejor se entregó sin pelear, de inmediato fue inmovilizado de idéntica manera que su compañero, después que los ángeles caídos quedaron asegurados Enoch se acercó a Danther y le dijo.

- Danther le agradezco por su paciencia y obediencia ya podemos continuar.

- Bien marcharemos detrás de Ustedes.

Respondió Danther con una clara expresión de alivio en su rostro al ver que el Ángel estaba bien, lo que significaba que los demás también lo estaban, aunque no los alcanzaba a ver.

- ¿Qué habrá sucedido, por que tantos destellos de luz?

Comentó Belucina acercándose a Anjana.

- Seguramente pronto sabremos que pasó.

Respondió Anjana mientras comenzaban a caminar detrás de los Ángeles.

- Anjana está usted en lo cierto, ¡todos avancen!

Dijo Danther.

Todos reiniciaron la marcha, pero al llegar al lugar en donde estaban prisioneros los ángeles caídos, no podían dejar de sorprenderse al verlos totalmente sometidos.
Se escuchaban múltiples expresiones de admiración reconociendo el gran poderío de los Ángeles de luz; Doto que venía distraído conversando con Anjana al verlos de improviso se impresionó, y lanzó un grito, zatnael burlonamente lo arremedó lanzando un grito aunque amordazado por tener la lengua sujeta al piso, eso fue suficiente para que Doto montara en cólera y le quisiera propinar una patada aprovechando que estaba totalmente neutralizado, no contó con que un campo de fuerza luminar protegía a los ángeles caídos para que no pudieran escapar, ni nadie los pudiera liberar, antes de que se pusiera en contacto el pie de Doto con el campo de fuerza recibió una brutal descarga que literalmente lo catapultó contra la pared de la montaña, dejándolo tirado en el suelo inconsciente ante la mirada atónita de todos y las burlonas

carcajadas de zatnael y moloquian, de inmediato Danther, Belucina y Anjana acudieron para ayudarlo, pero al ver que no reaccionaba Danther vertió una gota del elíxir en la boca de Doto, esperaron pero nunca volvió en sí, todos desesperados ante la inminente perdida de Doto les invadió una profunda tristeza, que atrajo la presencia de Enoch, al verlo Danther le dijo.

- Por favor si está en tus manos salvar a nuestro amigo te estaremos muy agradecidos.

- ¿Qué sucedió?

Preguntó Enoch.

– Doto venía conversando conmigo, de pronto vio a los prisioneros se impresionó y gritó, el prisionero lo arremedó burlonamente por lo que Doto se enojó y le quiso propinar una patada, pero recibió una descarga que lo arrojó contra la pared de la montaña y desde entonces esta inconsciente.

Comentó Anjana.

- Entiendo.

Respondió Enoch mientras se dirigía hacia donde estaba el prisionero e introdujo la mano en el campo de fuerza que rodeaba a zatnael y extrajo una figura transparente idéntica a Doto que tiraba coces y patadas totalmente iracunda, se veía que movía su boca como si estuviera diciendo cosas, pero no se podía escuchar palabra alguna, Enoch se acercó al cuerpo de Doto con esta imagen etérea, la traía colgando de la solapa, sin duda no era otra cosa más que el cuerpo astral de Doto, cuando el espectro vio a Doto tendido sin vida en el suelo se calmó, el Ángel al ver que por fin la esencia de Doto comprendió lo que pasaba, entonces soltó al fantasma que comenzó a flotar horizontalmente sobre el cuerpo de Doto, un fino cordón luminoso los unía desde el ombligo a ambos cuerpos, poco a poco el cuerpo transparente se fue acercando al cuerpo inerte de Doto hasta que finalmente se fundió con él nuevamente, Doto aspiró profundamente con la boca bien abierta, volviendo a la vida e inmediatamente dijo.

- ¡Que pasó, porque estoy en el suelo!

- No sé, pregúntale al prisionero.

Le dijo Anjana riéndose.

Doto miró al prisionero y de inmediato quiso hacer el intento de atacarlo nuevamente, pero todos se lo impidieron, Enoch dirigiéndose a Danther dijo.

- Temperamental nuestro amiguito.

- Es verdad, pero cuéntame que fue lo que pasó, ¿el ángel caído robó el cuerpo astral de Doto al ponerse en contacto con él, o que sucedió?

Preguntó Danther.

- Esto es algo oficial pero tratándose de ti lo puedo comentar, es sólo un sistema de seguridad, cuando alguien toca el campo de fuerza, el cuerpo astral del intruso queda capturado y neutralizado, de este modo evitamos que liberen al prisionero y a su vez capturamos también al que venía a liberarlo.

- ¡Vaya que ingenioso jamás me lo hubiera imaginado!

Respondió sorprendido Danther.

- Bueno debemos continuar avanzando.

Dijo Enoch.

- Correcto de inmediato continuaremos la marcha.

Después de otro largo rato de caminata adentrándose cada vez más en la montaña, no se registró ninguna clase de enfrentamientos con fuerzas hostiles; de pronto nuevamente la luz de los Ángeles se apagó, desde el lado de Danther la incertidumbre invadió nuevamente a todos, sólo sabían que cuando se apagaba la luz es porque se avecinaba un enfrentamiento; desde donde se encontraban los Ángeles las cosas se veían un poco complicadas, un panorama inquietante se abrió frente a ellos, la bóveda era enorme y profunda, dentro se podía observar un mundanal de brujos y brujas volando en sus escobas a gran velocidad, engendros maléficos de toda clase pululaban por doquier, efectuando múltiples actividades encomendadas seguramente por sus mentores, pero lo que llamó la atención a los Ángeles no fue eso, sino un gigantesco artefacto tubular que se erguía en el centro del recinto, como si se tratase de una chimenea circular que se conectaba con lo profundo de la tierra con muchas puertas de salida, por las cuales de tiempo en tiempo emergían más y más ángeles caídos de diferentes rangos, Enoch, comentó a uno de los Arcángeles que lo acompañaba llamado Mikhael.

- Ahora comprendemos mejor todo.

- Desde luego Enoch, éste sin duda es el trato que tienen, los ángeles caídos ayudan a los brujos con el homúnculo y a cambio ellos les abren el portal interdimensional para cruzar a este mundo.

Respondió Mikhael.

Enoch dirige su mirada al otro arcángel que estaba con ellos y le dice.

- Gabriel es preciso avisarle a Danther que avance, ellos tendrán que encargarse de los brujos y los engendros.

- Enviaré a un mensajero.

Respondió Gabriel.

Gabriel lanzó sutilmente un rayo de luz a un gnomo que se encontraba influenciado por la fuerza de oscuridad, este retomó su forma original y recuperó su cordura, de inmediato el Arcángel le ordenó que se acercara encomendándole la tarea de ir a buscar a Danther.

- Esperaremos a que llegue Danther o actuamos de inmediato.

Preguntó Enoch.

- Será mejor ahora que no están, para evitar riesgos.

Respondió Mikhael

- ¡Entonces adelante!

Dijo Gabriel.

Los tres Arcángeles desplegaron sus alas y levantaron vuelo se ubicaron suspendidos en lo alto de la bóveda formando un triángulo, Gabriel sacó una trompeta y tocó, en cuanto escucharon el sonido de la trompeta de Gabriel todos los brujos se desplomaron, cayendo al suelo de inmediato al igual que los engendros, los ángeles caídos sólo levantaron su mirada pero nadie hizo nada; de pronto del portal interdimensional salió uno que parecía ser el jefe de todos ellos llamado uciatán, con aspecto lagartoide de gran estatura portaba un hacha y un martillo, arrastraba pesadas cadenas al caminar, de pronto se detuvo levantó su cabeza y con voz graznada, dirigiéndose a Gabriel dijo.

- Tú... El de la trompeta, si mal no recuerdo debes de ser Gabriel... El políglota y tú, claro cómo olvidarte, con esa tan célebre frase, ¿cómo decía?... ¡Ah Sí!... "Quien como Dios", ja, ja, ja el gran Mikhael... ¿Y a ti?... A ti no te conozco, pero por lo que veo todos son Metatrones...

Muchos recuerdos, muchos recuerdos de tiempos que no volverán, pero en fin estamos aquí y ningún Metatrón me hará volver al agujero nunca más, aquí estamos y aquí nos vamos a quedar.

- Ahórrate el esfuerzo uciatán sabes que vas a volver hoy mismo de donde viniste.

Dijo Mikhael.

- ¿Y quién me obligará... Tú, con tus amigos? ya no es como antes Mikhael... Ahora si vamos a presentar batalla y los venceremos, ¿qué creías que vendría sólo?... En cambio puedo ver que tú tienes a estos dos y nada más, ja, ja, ja... Serán un buen aperitivo para nosotros.

- Como siempre, equivocándote uciatán, observa con detenimiento.

En ese momento Mikhael gritó con voz potente.

– Ejércitos.

- Miríadas.

Gritó de inmediato Gabriel.

- Poder Divino.

Gritó Enoch.

Detrás de cada Arcángel se fueron posicionando lentamente una verdadera multitud de Ángeles de luz con diferentes aptitudes que surgían de la nada, sólo bastó una orden y toda la superficie del techo de la inmensa bóveda se pobló de ellos.

Pero uciatán también lanzó su grito de guerra.

- Legión.

Resonó su graznado grito en el recinto, en un momento se llenó todo el suelo de la bóveda de ángeles caídos de todas las clases y rangos, de pronto la trompeta de Gabriel sonó y en su voz decía, "ataquen", por un instante fue como si el tiempo se moviera muy lento, mostrando con detalles como los Ángeles de luz descendían todos en picada desde lo alto del recinto y los ángeles caídos ascendían desde el suelo dispuestos a enfrentarlos con total decisión, en ese preciso momento en que las dos fuerzas se fundían en una colosal batalla, Danther y los suyos asomaron sus cabezas detrás de una pared de rocas, se quedaron perplejos ante la dantesca escena, al ver la inminente colisión de ambas fuerzas, retrocedieron y buscaron refugio.

La emanación de una luz muy intensa lo iluminó todo, parecía medio día, de pronto un estruendo hizo temblar toda la montaña; después el ruido típico de los enfrentamientos cuerpo a cuerpo, el sonido electrizante de las espadas al chocar se oía como cuando un rayo quema un árbol en las tormentas eléctricas; al escuchar esto Danther y los demás se animaron a asomarse para ver que sucedía, los Arcángeles y sus Ángeles atacaban con tal velocidad y eficacia que los ángeles caídos a pesar de que estaban haciendo su máximo esfuerzo no podían con el poderío de los Ángeles de luz, pero del túnel interdimensional surgían más y más ángeles caídos, la batalla fue dura, se extendió hasta que el sol afuera comenzó a ocultarse detrás de las montañas, precisamente en el momento en que se extinguía el último rayo de sol, del portal interdimensional emergió volando un ser monstruoso... Un dragón, el cual venía montado por un anciano con un rostro realmente maléfico, que cargaba en su mano derecha un báculo hecho de un hueso de fémur humano y en la punta del báculo una gran gema que parecía una esmeralda coronada por unas garras de metal negro.

Mientras todos peleaban, el monstruo y su jinete salieron por una de las puertas del puente interdimensional levantando vuelo hacia la batalla, ambos comenzaron a atacar a los Ángeles de luz, el dragón con vómitos de fuego y el anciano disparando desde su báculo un rayo de color verde eléctrico, a cada Ángel de luz que tocaba lo desplomaba, de repente encontró la manera de escabullirse buscando la espalda de Mikhael, volaba a gran velocidad venía directo con su báculo de hueso apuntándole a la cabeza, justo antes de disparar Enoch se cruzó en su camino para impedir el disparo, pero ya fue tarde el rayo había salido, le dio a Enoch debajo del ala izquierda precipitándolo al suelo, Mikhael se dio vuelta y vio a Enoch herido desplomándose al vacío, cuando levantó su mirada tenía al anciano frente a él montado en su dragón y Mikhael le dijo.

- Sé quién eres y sé que quieres, pero no será hoy anciano.

El dragón abrió su gigantesca boca y le vomitó lava y una descomunal llamarada, Mikhael se movió a una velocidad tan grande que todo lo demás parecía estar inmóvil voló por en medio de la lava y las llamas.
Aprovechando la boca abierta del dragón se introdujo a través de ella al interior del monstruoso animal, cuando llegó al pecho del dragón con su espada flamígera le corto el corazón, de inmediato salió antes de que el fuego que el dragón estaba expeliendo se extinguiera, Mikhael apareció frente al anciano con el corazón del dragón en la mano diciéndole.

- Te dije anciano que ¡hoy no!

De inmediato el dragón se estremeció visiblemente y se precipitó en caída libre con el anciano a cuestas, se impactó violentamente contra el suelo, Mikhael bajó siguiéndolo, el dragón yacía sin vida en el piso del recinto, mientras que el anciano con dificultad, tembloroso y aturdido trataba de ponerse de pie, al ver a Mikhael quiso apresurarse a recuperar el báculo que perdió tras la caída pero Mikhael fue más rápido y lo tomó del suelo antes que él, lo miró fijamente y le dijo.

- ¿Cómo recuperaste la esmeralda que te arranqué de tu corona en Edén?

- ¿No sé de qué esmeralda me hablas?... ¡Ni a que corona te refieres!

Le respondió con voz trémula el anciano, Mikhael con sus manos abrió las uñas de metal que coronaban la esmeralda y la extrajo, se produjo un fuerte destello al romper el conjuro que actuaba sobre la gema, arrojó a un costado el hueso, y con la esmeralda en su mano le dijo.

- A esta esmeralda me refiero estaba en tu corona cuando te expulsé del cielo.

- Se la quité a un hombre hace mucho tiempo.

Contestó el anciano.

- Te refieres seguramente a Hermes tres veces maestro, pero esta gema volverá al cielo no estará nunca más a tu alcance, sin esto estas totalmente desarmado, ahora toma a tus ángeles y vuelve de donde viniste.

Poco a poco fue cesando la batalla hasta que reinó un total silencio; cuando escucharon las palabras de Mikhael, todos los ángeles caídos comprendieron que la derrota era un hecho y que sería inútil seguir batallando, su rey acababa de ser vencido otra vez... Y ésta vez, todos esperamos que sea para siempre...
Gabriel descendió con uciatán completamente neutralizado, lo traía de la solapa y lo depositó al lado del anciano, y dijo.

- Se quedarán aquí un momento.

Mikhael lanzó un fuerte grito.

- ¡Rafael!

De inmediato el cuarto Arcángel apareció, portaba una pequeña ánfora la cual contenía un líquido luminoso, su sola presencia enfermaba a todos los ángeles caídos.

- ¿Me llamaste Mikhael?

- Hay ángeles heridos, ¿podrías hacerte cargo de ellos por favor?

- De inmediato.

Contestó Rafael.

Rafael el portador de la medicina universal dio a beber pequeñas gotas luminosas de su ánfora a cada uno de los Ángeles heridos.
Los que de inmediato se recuperaban, cuando ya todos estaban sanos Mikhael dijo.

- Ángeles y Arcángeles presten atención, a todos los seguidores del adversario los formarán en grupos detrás del anciano y uciatán, una vez que estén en posición nos dirigiremos al portal interdimensional, para llevarlos de regreso y asegurarnos que todos vuelvan de donde vinieron...

Mientras los Ángeles ejecutaban la orden impartida, Mikhael se dirigió a Danther y con voz potente le dijo.

- Danther ya pueden bajar.

Danther y los suyos descendieron, les llevó un rato llegar hasta donde estaban Mikhael, Gabriel, Rafael y Enoch ya totalmente recuperado de sus heridas; con un profundo gesto de agradecimiento Danther dijo.

- Después de presenciar una titánica batalla y ver con nuestros propios ojos, sus tan justas acciones, no me queda más que en nombre de todos los aquí presentes y de todos los seres vivos, decirles gracias, muchas gracias por su ayuda sin su intervención esta victoria habría sido imposible.

- Pueden darle las gracias al que nos envió, que para Él es el reconocimiento.

Dijo Mikhael.

- Claro, por favor entonces, háganle llegar nuestra profunda admiración y reconocimiento por enseñarnos a través de Ustedes su magnificencia.

Respondió Danther.

-Así lo haremos, ahora sólo resta que ustedes se hagan cargo de los brujos, tardarán un tiempo en despertar, pero es preciso descubrir quién está detrás de todo esto y que oscuros intereses los mueven.

Comentó Mikhael.

– Desde luego que así lo haremos, es la razón por la que estamos aquí.

Contestó Danther.

Mikhael giró para donde estaban los Ángeles y Arcángeles, al ver que todos los ángeles caídos ya estaban listos y formados como el ordenó, dio la orden de avanzar.
De inmediato se dirigieron al portal interdimensional, una vez enfrente del portal que tenía la forma de un inmenso túnel de agua de color azul, cada grupo de ángeles caídos fueron dirigidos por sus respectivos Ángeles custodios hacia el túnel, uno a uno los grupos fueron depositados para su partida en medio de los Arcángeles, Mikhael se ubicó al frente, Rafael y Gabriel a los lados y Enoch atrás; los Arcángeles desplegaron sus alas y en

ese momento una tenue burbuja de luz verdesina envolvió a los ángeles caídos, luego los Arcángeles levantaron sus manos al cielo y la burbuja comenzó a elevarse hasta quedar a la altura del centro del túnel, una vez en posición los Arcángeles adelantaron sus manos al frente como señal de avance, la burbuja inicio su viaje a gran velocidad, inmediatamente después siguió el próximo grupo y así, al cabo de un corto tiempo todos los ángeles caídos ya estaban en viaje de retorno al lugar de donde habían venido, al quedar cumplida la tarea de enviar de regreso a todos los grupos de ángeles caídos, Mikhael y los demás Arcángeles se acercaron a Danther y a los suyos por última vez antes de su partida para decirles lo siguiente.

- Danther tengo un último encargo, después que nosotros partamos pasará un tiempo relativamente largo y comenzarán a observar, que el color del túnel interdimensional cambiará del azul que ahora tiene, a un violeta rojizo, entonces será tiempo de preparar su partida, esta señal les indicará que el portal del otro lado ya fue destruido y la fuerza destructora viene avanzando hacia aquí y no queremos que la destrucción del portal les cause daño; la fuerza destructora tardará en llegar, ese es el tiempo que ustedes tendrán para salir de la montaña, desde que nosotros partamos hasta el cambio de color en el túnel, dispondrán del tiempo suficiente para capturar a todos los brujos y sus engendros y alejarse rápidamente de aquí.

- Perfectamente entendido pondré a que vigilen el portal mientras completamos la tarea de captura y preparación de los prisioneros para el traslado hacia la puerta de salida.

- Correcto, no nos queda más que despedirnos.

Dijo Mikhael.

- Una vez más, Gracias.

Con un gesto de total sinceridad se expresó Danther.

Mikhael juntamente con los otros tres Arcángeles se posicionaron frente al túnel, desplegaron sus alas, se elevaron en formación de cuadro frente al portal interdimensional y una vez que alcanzaron la altura media del túnel Mikhael con voz de trueno exclamó.

- ¡Metatrones, avancen!

Los cuatro Arcángeles penetraron el portal desplazándose a una vertiginosa velocidad por el túnel interdimensional, en cuestión de segundos desaparecieron de la vista de todos, por un momento un marcado sentimiento de desolación se apoderó de todos los presentes, era imposible no sentir una tremenda admiración por esos seres tan extraordinarios, pero había que darse prisa, de inmediato Danther palmeando sus manos y exclamó.

- Bueno, bueno, ya basta de sentimentalismos que tenemos mucha tarea, aprovechemos que los brujos aún están inconscientes atrapen a todos y los separan en grupos controlados por celdas de energía..
Por favor Anjana, Doto, magos y elementales colaboren en ésta tarea...
¡Manos a la obra!

- Que haremos con los engendros que los brujos crearon, están tirados por todos lados.

Preguntó Belucina.

- Sólo recogeremos uno de cada tipo como prueba de sus actos, nos harán falta a la hora de presentarlos frente al tribunal del consejo... ¡Aunque quisiéramos no podemos llevarnos a todos, nos retrasarían demasiado y pondría en riesgo la vida de los demás!

Las labores se ejecutaron con mucha precisión y rapidez y en poco tiempo todos estaban en marcha hacia la superficie, de pronto Belucina preguntó.

- Danther, ¿Por qué debemos salir por el mismo lugar que entramos, no sería más rápido si utilizáramos la salida que descubrieron los duendes?

- En principio sí, pero no creo que sea una buena idea.

Respondió Danther

-¿Puedo saber por qué?

Preguntó nuevamente Belucina.

- Por el simple hecho de que para salir tendríamos que volar la pared periférica del agujero que descubrieron los duendes y con la pared se vendría abajo también el puente de San Gotardo, cosa que no creo prudente.

Respondió Danther.

-No había pensado en eso, pero ahora que lo dice creo que tiene razón.

Comentó Belucina.

Todos continuaron la marcha y al cabo de un tiempo comenzaron a divisar una luz a lo lejos.

- Creo que ya estamos llegando.

Exclamó Doto al ver que la salida aparentaba estar próxima, todos al escucharlo apresuraron el paso, pero jamás se percataron que desde adentro de la montaña se puede perder la percepción de la distancia y lo que parece cerca puede estar mucho más lejos de lo calculado; transcurrió un largo tiempo de camino hasta que la inmensa salida por fin ahora sí se veía mucho más cerca, los rayos de luz se filtraban por la puerta al interior, lo que sin duda anunciaba que ya había amanecido, de pronto un tremendo temblor sacudió toda la montaña, no había duda el portal interdimensional acababa de ser destruido, parecía que todo se colapsaría; víctimas del pavor se apresuraron a salir temiendo ser aplastados por las inmensas estalactitas que pendían del techo y que amenazaban con caer, pero las salamandras que estaban custodiando la puerta, al escuchar los gritos de los brujos aterrados por los sucesos, volaron hasta donde estaban Danther y su compañía, al ver que se trataba de ellos inmediatamente fundieron la roca formando arcos que trabajaban como soportes para evitar que se desplomara el techo y las paredes, un momento después el temblor cesó y reinó la calma, la pesadilla al fin había terminado, todos aprovecharon el instante para rápidamente salir del interior de la montaña, pasó un corto tiempo en el que todos recuperaron la calma, después de eso Danther de inmediato impartió la orden de partir hacia el mundo paralelo con el fin de someter a investigación a los brujos, tenía que descubrir quién estaba detrás de todo lo que había sucedido.

- Anjana, Doto comuníquense con el consejo para que envíen las cápsulas de transportación para los brujos, no pueden ingresar al mundo paralelo sin protección, no sobrevivirían.

Ordenó Danther

- ¡En un momento Danther!

Danther se acercó a uno de los grupos de brujos prisioneros, en particular a un joven, por lo que supuso que todavía era inexperto y le preguntó.

- ¿Cómo te llamas?

- ¿Me crees tonto anciano, piensas que te revelaré mi nombre?

Respondió el joven brujo.

- Pronto los Ángeles traerán de regreso a tu líder, entonces sabremos toda la verdad sobre ustedes.

Comentó Danther.

- ¡De qué hablas anciano!, nuestro líder es ese que está con los prisioneros del grupo de enfrente, el de camisa púrpura... Te voy a dar una novedad, se equivocaron y se llevaron al que no era.

Dijo sarcásticamente el joven brujo, soltando una burlona carcajada.

- Gracias por tu valiosa información joven, lo que pasa es que no sabía quién era el líder, pero ahora ya me quedó claro.

Le respondió Danther mirándolo fijamente a los ojos, el joven brujo al ver que había cometido un gravísimo error trató de solucionarlo, utilizando un blof y con una risa nerviosa le dijo a Danther.

- ¿Y cómo sabes que estoy diciéndote la verdad, me crees tan tonto anciano como para develarte algo tan delicado?

- No tenías razones para mentirme joven brujo, sólo estábamos hablando, tu soberbia te hizo decir la verdad.

Lentamente Danther giró y se alejó del grupo, mientras el joven brujo le suplicaba que no fuera a revelar su grave error ante su líder, Danther se dio la vuelta y le respondió.

- No te preocupes por mí muchacho, yo ni siquiera sé cómo te llamas, pero tus compañeros si te conocen y saben quién eres, yo que tú mejor me preocupaba en convencerlos a ellos de que no te delaten con tu líder.

El líder de los brujos presintió la traición de su compañero y se quedó mirándolo desde la distancia con una mirada amenazadora.

- ¿Hay alguna novedad Danther?

Preguntó Belucina.

- El de camisa púrpura que está en el grupo del centro es el líder de los brujos, tendrá que ayudarme para averiguar todo lo que hay detrás de éste complot.

Dijo Danther.

-Entonces ellos no partirán de aquí hasta mañana, déjame entrar en su sueño esta noche, luego trazaremos nuestra estrategia.

Respondió Belucina

- De acuerdo esperaremos.

Dijo Danther.

El día transcurrió diáfano y tranquilo pero anocheció y el cansancio fue haciéndose sentir, al no tener ya la influencia de la fuerza oscura que reinaba en la montaña por la presencia de los ángeles caídos, los brujos ya no contaban con los atributos sobrenaturales que ésta les proporcionaba, y comenzaron a dormirse Belucina concentró su mente en el líder y pronto penetró en sus sueños, comenzó a ver vagas imágenes que poco a poco fueron cobrando sentido, de repente apareció un hombre alto de túnica negra encapuchado, con manos grandes y de largos dedos que terminaban en uñas sucias como garras, estaba sentado en una especie de trono y parado frente a él estaba el de camisa púrpura hablando, también vio un símbolo, un escudo, como si se tratara de una organización secreta, la presencia de personas pertenecientes a la realeza, al parecer gente con poder económico e influyentes...Escuchó un nombre que se repetía constantemente Maxilian, Maxilian.

Belucina regresó de su trance cerca del amanecer y le dijo a Danther.

- Al parecer se trata de una organización cuyos miembros son personalidades poderosas en busca de más poder, pero por el lado oscuro, tienen como líder a un brujo negro que viste una túnica y cubre su rostro con una caperuza, es de largos dedos que terminan en uñas que parecen garras, sin duda él es con el que hicieron trato los ángeles caídos, no fue revelado su nombre, sin embargo, un nombre se repetía en la mente del brujo sin cesar...Maxilian.

- ¿Qué propone que hagamos?

Preguntó Danther.

- Pienso que no es el lugar adecuado para interrogarlos, en el consejo podremos contar con medios más efectivos para lograr saber con certeza que está pasando, afortunadamente los brujos no alcanzaron a lograr la realización del homúnculo... por ahora sólo me resta una pregunta, ¿Por qué querían atentar en contra del niño, que ganaban ellos con eso?

Preguntó Belucina.

- Los brujos y sus consignatarios nada, son los ángeles caídos quienes pidieron el secuestro y asesinato de Teofrasto, así como asesinaron a sus hermanos nonatos, a cambio pasarían a este plano de existencia y ayudarían a los miembros de esa supuesta organización a ganar guerras e instalar reinados, imperios de odio y de poder, hasta finalmente convertirse en reyes del mundo, lo que estos hombres borrachos de avaricia no saben que al final el que se sentará en ese trono no será ninguno de ellos, ¡si no el espanto, la locura total, un ser de maldad pura, con una sed de venganza insaciable, un híbrido mitad humano mitad demonio, cuya misión es aniquilar la máxima creación del Absoluto... La humanidad! Pero por fortuna gracias a los duendecillos que sin saberlo descubrieron el más grande complot creado para ese fin y con la ayuda de los Ángeles de luz logramos detenerlos en esta oportunidad, aunque sé que lo seguirán intentando.

- Pero hoy no será Danther, ¡hoy no!, por lo que es una oportunidad maravillosa para festejar, ¿no lo crees?

Dijo Belucina.

De repente se abrió una puerta interdimensional y por ella entraron varios Elfos con cápsulas de transportación dirigidos por Anjana y Doto, de inmediato introdujeron a todos los brujos y engendros en las cápsulas y partieron a través de otra puerta interdimensional que abrieron con rumbo al consejo de seres mágicos, donde serían interrogados y posteriormente juzgados; todos los magos y elementales convocados para esta misión retornaron a sus orígenes, mientras que en San Gotardo nuevamente comenzaba a amanecer, Belucina se acercó a Danther y con amor de madre lo abrazó, luego juntos caminaron con rumbo al sol que se acababa de asomar por sobre los picos nevados de los Alpes, de pronto Danther con un poco de preocupación le dijo a Belucina.

- ¡Belucina espero que a Wilhelm no se le haya olvidado darle la última dosis de la piedra filosofal al niño!

- No te preocupes que Lara, Leila, Bendith, Nizza y Elsa su Mamá están al pendiente de él, ¿nos vamos a casa?

Dijo Belucina.

- ¡Vámonos a casa!

Contestó Danther con una sonrisa que iluminó todo su rostro, Belucina y Danther continuaron caminando inmersos en su amena conversación, mientras sus siluetas dibujadas en el horizonte poco a poco se fueron haciendo cada vez más etéreas, hasta finalmente desaparecer fusionándose con la luz del sol que brillaba diáfano en la plena juventud del día.

Al llegar la noche de ese mismo día, el malévolo brujo que Belucina viera en los sueños del líder de los brujos negros se hizo presente en San Gotardo, quería observar con sus propios ojos el lugar donde se llevó a cabo la escena de su más rotunda derrota, la de sus seguidores y la de sus socios los ángeles caídos, solitario parado sobre el puente del diablo de repente le llamó la atención la presencia de un pequeño duende que asomó su cabeza desde abajo del Puente, cuando se miraron mutuamente el duende quiso huir pero el brujo lo detuvo con sus poderes, atrapándolo bajo la influencia de una tremenda fuerza hipnótica que prácticamente lo convirtió en un esclavo autómata, lo atrajo y con un movimiento de su mano lo elevó del suelo hasta ponerlo frente a él cara a cara, luego de un instante de silencio le preguntó.

- ¿Qué haces aquí, que estás buscando en este lugar?

El duende totalmente dominado no podía mentir, contestaba automáticamente y sin titubeos todo lo que el brujo le preguntaba.

- Estoy mirando lo que quedó del recinto, donde estaban los seres oscuros haciendo al homúnculo.

Contestó el duende.

- ¿Cómo sabias tú lo que estaban haciendo en el recinto?

Preguntó el brujo.

- Por debajo del puente existe una entrada pequeña por donde yo observé todo lo que ocurrió desde el principio.

Dijo el duende.

El brujo continuó con el interrogatorio, quería saber cómo fue que se enteraron las fuerzas de luz de toda la operación...
Se suponía que era algo absolutamente secreto, realizado en un lugar virtualmente inaccesible, no había manera de que nadie se enterara, por lo que nuevamente le preguntó.

- ¿Quién más aparte de ti, estuvo enterado de lo que pasaba aquí?

- Una noche me topé con otro duende, me dijo que se llamaba Kimor, el pasaba por éste puente con una familia que iba rumbo a Italia y fue seducido por el canto de la sirena que utilizaban para arrullar al homúnculo, por curiosidad siguiendo la melodía bajó y se metió por el mismo agujero por el cual acabo de salir, ¡observaba todo cuando lo encontré!, si no le tapó la boca él habría gritado, se asustó mucho al verme entrar, por poco y nos descubren, fue el único con quien hablé de esto.

Comentó el duende.

- Pero el hecho de mirar no significa que supiera lo que estaban haciendo ¿tú le dijiste de qué se trataba lo que estaban viendo?

Preguntó el brujo negro.

– Si, le dije que estaban haciendo un homúnculo y también le dije para que lo estaban creando.

Dijo el pequeño duende víctima de la fuerza posesiva del brujo, no podía cambiar ni una palabra de lo sucedido, estaba obligado a decir la verdad.

- ¿Sabes de donde era Kimor, sabes el nombre de la familia con la que vivía?

Preguntó el brujo.

- Vivía en EINSIEDELN, de la familia con la que él vivía no sé nada, ni sé dónde están ahora.

Respondió el duende.

El brujo negro se quedó pensando por un momento, analizó todo lo que el pequeño trastolillo le estaba contando hasta sacar una conclusión y en voz alta dijo.

– El duende Kimor del que me estas contando vivía en la misma ciudad donde vive el niño, es posible que conociera a sus familiares y les haya contado lo que vio, es la única explicación que encuentro, no veo otra manera a través de la cual pudieran enterarse de lo que estábamos haciendo aquí.

Comentó en voz alta el brujo.

Luego volvió su rostro bastante enojado hacia el duende que permanecía rígido flotando en el aire, lo tomó de la solapa de su pequeño saco verde y lo acercó a su rostro escondido por una capucha negra y le dijo.

- Lo que tú hiciste con tu indiscreción fue descubrir nuestro plan ante nuestros enemigos, este fracaso que gracias a ti se provocó tiene un alto precio ¡y lo pagarás, lo pagarás con tu vida!

Sopló sobre la cara del pequeño duende y su piel fue pasando a diferentes estados de corrupción hasta convertirse en piedra, se acercó al barandal del puente y lo arrojó al vacío; a continuación buscó la manera de bajar hacia la base del puente, quería encontrar la entrada de la cual el duende le había hablado, hasta que por fin la halló, al ver que era demasiado diminuta como para que él cupiera, no le quedó más remedio que utilizar su magia con la cual fue haciéndose cada vez más pequeño hasta alcanzar el tamaño de un duende; dentro de su negra túnica asemejándose a una serpiente se deslizó por el agujero hacia el interior del recinto, al llegar al lugar donde los duendes observaban a los brujos negros, lo comprendió todo.

- ¡Jamás habrían sido descubiertos!... Estaban en un lugar totalmente estratégico y distante de la vista de todos.

Comentó para sí mismo, de inmediato recuperó su tamaño natural y al ver la buena suerte que tuvieron los duendes intrusos, se quedó en silencio y luego de un breve momento de contemplación montó en cólera y estremeció todo el recinto con un feroz grito fruto de su frustración, luego se elevó por el aire y voló hasta cerca de donde estaba el túnel interdimensional, parado frente al paisaje desolador de despojos y destrucción observó con detenimiento todo el recinto, apenas entonces comenzó a comprender el inmenso poderío que se había desplegado en este lugar como para lograr devastar todo de la forma en que lo estaba viendo ahora... Finalmente aceptó su derrota. Visiblemente abatido agachó su cabeza y se hincó en una rodilla, apretando su puño contra el suelo y con voz potente dijo.

- No descansaré hasta lograrlo, ¡éste mundo será nuestro, sólo nuestro!, no estoy vencido, encontraré a los responsables y los haré pagar, ¡se arrepentirán por atreverse a enfrentarme!

Dicho eso se levantó y caminó hasta el lugar donde los brujos negros con ayuda de los ángeles caídos estaban creando al homúnculo, observó la pileta donde ejecutaban el experimento aun llena de un líquido de color lechoso, movió la cabeza en señal de negación y giró aireado, se disponía a marcharse cuando de pronto se escuchó en el absoluto silencio del recinto un tenue ruido, como si alguien golpeara las paredes con una roca, su curiosidad lo hizo regresar, comenzó a buscar de donde provenían los golpes, se fue acercando guiado por el sonido de cada impacto, hasta que finalmente lo encontró, debajo de la pileta donde estaban haciendo al homúnculo localizó su origen, vio una puerta alargada disimulada en la roca que servía de base a la pileta, estaba obstruida por un pedazo de escombro que impedía que se le pudiera abrir, bastó un movimiento de su mano para retirar el pesado pedazo de roca y con cautela procedió a abrir la pequeña portezuela, de pronto una mano casi sin fuerza cayó fuera de la recámara cargando una pequeña roca, con la cual evidentemente estaba golpeando para que alguien escuchara y lo rescatara, el brujo reconoció inmediatamente la piel de la mano por lo que supo de quien se trataba, sin pérdida de tiempo le ayudó a salir hacia el recinto con bastante dificultad porque no se podía apoyar con la otra mano, el brujo pensó que traía una herida por lo que tenía el brazo retraído contra su vientre hasta que se incorporó completamente, él estaba en lo cierto se trataba del híbrido; nacido de la unión de un ángel caído y una sirena al cual lo utilizaban por su canto para arrullar al embrión de homúnculo que estaban creando, de pronto el híbrido perdió el equilibrio y casi se cae, el brujo al ver que se desmayaba lo sostuvo, recién entonces cuando al abrir ligeramente su brazo aparentemente herido alcanzó a verlo... Pequeño, indefenso, envuelto en un pedazo de tela no podía abrir los ojos por la debilidad al estar tanto tiempo encerrados casi sin aire, a pesar de todo era una realidad, los ojos de el brujo se agrandaron al verlo, casi no lo podía creer,

- ¡El homúnculo!

Exclamó eufórico el brujo negro... Efectivamente era el homúnculo y estaba vivo, esto lo cambiaba todo, lo que parecía una derrota absoluta de repente se convirtió en una esperanza, no todo estaba perdido, rápidamente los sacó de ese lugar y los llevó a su castillo, pasaron algunos días hasta que se recuperaron, el homúnculo ya lucia como un bebé normal y el híbrido se encontraba sentado pensativo cuando irrumpió en la sala el brujo negro y dijo.

- Qué bueno que ya estás bien, precisamente necesito hablar contigo, quiero que me cuentes con detalles todo lo que pasó.

- Antes de contarte todo, quiero hacerte entrega de algo que el anciano dejó para ti.

Comentó el híbrido haciéndole entrega de una pequeña caja negra.

– Quiero saber porque no se me informó de que habían logrado crear al homúnculo.

Preguntó el brujo.

- Se logró la realización con éxito del experimento minutos antes de la llegada de los Metatrones, gracias a la rápida intervención del anciano fue que nos escondieron donde nos encontraste, por lo que no se dieron cuenta de la existencia del homúnculo, encontraron solamente restos de fallidos intentos anteriores que el anciano a propósito puso a la vista de todos, por lo que seguramente asumieron que nunca se logró la creación del homúnculo y abandonaron la búsqueda.

- Ya veo... ¡O sea que para ellos el homúnculo no existe!, eso nos da una importante ventaja, seguramente están totalmente convencidos de que estamos desarticulados, por lo que no representamos ya una amenaza para ellos, ¡este es el momento ideal, lo que tanto estuve esperando, jamás imaginarán la sorpresa que les tengo preparada!

Dijo el brujo Negro.

- Maxilian… ¿aún quieres que te relate lo que escuché que pasó en el enfrentamiento con los Metatrones?

Dijo el híbrido pronunciando el nombre del brujo por primera vez.

– No, ya con esto es irrelevante… Sólo quiero que me cuentes que te dijo el anciano cuando te dio esta caja para mí.

Preguntó Maxilian.

- Sólo me dijo que debía entregártela a ti.

Respondió el híbrido.

Maxilian de inmediato procedió a abrir la pequeña caja negra y cuando levantó la tapa, desde su interior salió una nube roja y en esa nube roja se manifestó la cara del anciano que cabalgaba al dragón y decía.

- Si estás viendo mi cara es porque encontraste al homúnculo, con esto mi primera parte del trato está cumplida, ahora espero que cumplas tú con la tuya, ya sabes a qué me refiero.

- Y qué hay de apoderarnos de los gobiernos para tener el dominio de todo.

Preguntó Maxilian.

- Después de que cumplas tu parte, conversaremos con respecto a cómo te ayudaremos a adueñarte del poder en la tierra, desde luego que tendrás que pensar en cómo abrirnos la puerta nuevamente, ya que la incompetencia de tus subordinados echaron a perder ésta magnífica oportunidad.

– Lo sé, estoy al tanto de todo lo acontecido y te prometo que pagarán todos los que participaron en esto.

- No sé de qué manera lograrás tú lo que no pudimos lograr nosotros, pero te deseo buena suerte; lo que si te digo es que en ésta oportunidad se perdió algo muy valioso, la piedra esmeralda, una gema única sobre la cual se asienta gran parte de mi poder, el Arcángel se la llevó de regreso al cielo y no tengo manera de recuperarla.

Comentó el anciano.

- Tú sabes que las gemas son posibles de realizar en este mundo material, ¡aquí se puede lograr todo!

Dijo Maxilian.

- Si, pero para eso preciso un ingrediente muy especial.

Comentó el anciano.

- ¿Si, de qué ingrediente se trata?

Preguntó Maxilian.

- En la realización de la gema es preciso la inclusión del corazón de un ser puro e inmortal, para eso me iba a servir Teofrasto, si lográbamos cambiarlo por el homúnculo el poder de la esmeralda iba a ser ilimitado, ¡pero ya la perdí!

Dijo el anciano enojado.

- Aún es posible, con el homúnculo en nuestras manos, al menos podrás realizar una gema con el mismo poder de la que se llevaron, además al remplazar al homúnculo por el niño podremos impedir que se cumpla el destino de Teofrasto.

Dijo Maxilian.

- En eso tienes, razón tal vez no todo está perdido.

Comentó el anciano, pensativo...

Mientras tanto en la casa del Sr. Wilhelm el regreso de Belucina, Anjana y Doto fue todo un suceso, no sabían que pasaba por que se habían ausentado, todos querían saber lo que había sucedido.

– Bueno, contarles lo que vivimos estos últimos días será un reto para su imaginación, creo que ni en los sueños más fantásticos nadie de nosotros habría imaginado siquiera vivir una aventura como la que acabamos de vivir.

Dijo Belucina.

De pronto de la nada hace su aparición Danther y dijo.

- ¿Qué pensaban, que me perdería este momento?.. Belucina tiene razón, lo que vivimos fue de antología, algo épico sin precedentes, estoy muy orgulloso de todos ustedes, se desempeñaron de una manera magistral, bueno... Obviando el incidente que Doto protagonizó con el ángel caído que mejor prefiero no recordar, pero en fin, verdaderamente felicitaciones a todos.

- ¿ángeles caídos?... Bueno ¿pero qué es lo que pasó? ¡No entendemos nada!

Dijo Wilhelm y de igual modo replicaban todos a la vez, Lara, Laila, Bendith, Elsa y Nizza que abandonó sus quehaceres en la cocina para escuchar, Zzipoo también que como ya lo conocemos era el más interesado en saber.

- ¡Silencio, silencio! no se puede así, uno a la vez por favor... Resulta que hace unos días atrás, Anjana y Doto aparecieron en mi despacho trayéndome a un duende chocarrero llamado Kimor...

Así fue como Danther comenzó a relatar con detalles todo cuanto vivieron en el complot de San Gotardo, todos atentos a su relato revivían momento a momento cada episodio de la tremenda lucha que tuvieron que librar frente a los brujos negros y sus aliados, Wilhelm en la medida que Danther contaba los hechos, apartó por un momento su atención del relato e hizo una mirada general a todos los que estaban pendientes de la conversación, y le pasó algo muy especial, sintió que estos seres eran tal vez lo más maravilloso que le podría haber pasado en la vida; aprendía de ellos su entrega absoluta sin esperar nada a cambio, su incondicional amistad y su total ausencia de desamor, para ellos el valor de la palabra lo era todo, y lo más importante es que sentía que entre todos ya formaban una familia con mucha calidez, Zzipoo que lo conoce muy bien por tener más tiempo de contacto con Wilhelm se dio cuenta de sus sentimientos y se acercó parándose a su lado, Wilhelm lo miró y Zzipoo también le guiñó un ojo como diciendo, sé lo que sientes. Del otro lado Elsa también se acercó y lo abrazó reclinando su cabeza en su hombro y el momento se hizo magnifico e inolvidable.

Pero el mal no duerme jamás, Maxilian comenzó a maquinar su malévolo plan para introducir al homúnculo en casa de Wilhelm sin que nadie se diera cuenta, sólo existía un impedimento, el campo de fuerza que Anjana y Doto habían dispuesto alrededor de la casa, Maxilian no lograba encontrar la manera de cruzarlo sin alertar a todos de su presencia, pensaba y pensaba sin encontrar una solución posible, de pronto el híbrido le hace una pregunta.

- ¿Es posible introducir en una semilla la esencia de vida de un ser vivo?

- Si, si es posible porque la pregunta.

Dijo Maxilian.

- Solo quería saber si era verdad lo que leí en un libro antiguo de magia.

Contestó el híbrido.

- ¿Tienes ese libro en tu poder?

Preguntó Maxilian nuevamente.

- Claro lo acabo de dejar de regreso en tu biblioteca.

Respondió el híbrido, Maxilian se acercó al híbrido y lo tomó del brazo entre violento y contenido diciéndole.

- Indícame cual es, mientras se desplazaban hacia la biblioteca.

- Es éste.

Respondió titubeante el híbrido al ver la actitud desesperada de Maxilian, rápidamente Maxilian tomó el libro y empezó a leerlo; al principio pasaba las hojas a una velocidad normal, luego en la medida que comenzó a entusiasmarse la velocidad que Maxilian le imprimía a su lectura cada vez era mayor, hasta que al final las hojas pasaban solas vertiginosamente, en cuestión de breves segundos leyó todo el libro, luego se volteó hacia donde estaba el híbrido, lo tomó de los hombros y mientras lo sacudía le dijo.

- Eres un genio, eres un genio sin querer resolviste algo que iba a echar a perder todos mis planes...
En marcha debemos pronto ir con los mercaderes tenemos que conseguir nueces, ¡muchas nueces!

De inmediato Maxilian a través de un hechizo hizo que se convirtieran en un inofensivo anciano y su joven acompañante, desde luego que Maxilian era el anciano y el híbrido el acompañante, inmediatamente partieron con rumbo al lugar en donde se reúnen los mercaderes; y en busca de las nueces comenzaron a caminar en la sala del castillo, pero en un abrir y cerrar de ojos ya su pasos recorrían las calles de los mercaderes, entre tanta gente sin duda nadie se dio cuenta de la repentina aparición de Maxilian y el híbrido en el lugar, sin pérdida de tiempo se abocaron a la tarea de encontrar las famosas nueces de pará, una rara variedad de nueces que no es muy común, por lo que buscaron y buscaron pero no encontraron, hasta que de tanto buscar mejor decidieron preguntar quién es el encargado de conseguir la mercancía para los mercaderes, los refirieron a un señor llamado Diomedes que es el que está en contacto con los marineros en el Germano puerto de Hamburgo, de inmediato ambos se desplazaron hacia la zona y pronto ubicaron a Diomedes y con humildad Maxilian se dirigió a él diciéndole.

- Buenos días buen hombre, usted es la solución a nuestros problemas.

- ¿Qué necesitas anciano?

Le dijo Diomedes con una actitud poco amigable.

- Antes que nada debe saber que le pagaré muy bien si me consigue lo que vengo a buscar.

Dijo Maxilian.

- Anciano no tengo mucho tiempo, mejor porque no me dices lo que necesitas y si lo puedo conseguir entonces hablamos de dinero.

Ante la respuesta tan poco amable del mercader, Maxilian que no estaba acostumbrado a que lo trataran así, estaba a punto de perder la paciencia, pero como era vital conseguir las nueces, tuvo que aguantar la insolencia del mercader a lo que le contestó de manera muy servil.

- No sabes buen hombre cuanto ciento distraerte de tus quehaceres, pero para mí es muy importante que me puedas conseguir una pequeña bolsa de nueces de pará.

El mercader dejó de hacer lo que estaba haciendo, se acercó al anciano y casi tocando su nariz contra la de Maxilian le dijo.

- Por mucho que me puedas pagar anciano, yo no estoy para vender pequeñas cantidades, mi trabajo es traer embarques completos de productos, así que si estás dispuesto a comprarme un barco completo de nueces de pará, entonces podremos hacer trato, de otro modo ¡Creo que tendrás que buscar en otra parte!

Maxilian cambiando visiblemente su rostro de anciano bueno a una expresión verdaderamente malévola, con sus pupilas retraídas como las de un gato y con una voz profunda y gutural le contestó.

- Tú no sabes con quien estás hablando... Antes iba a pagarte por tus servicios, pero ahora voy a ofrecerte un mejor trato al cual no vas a poder resistirte mercader, si para mañana no me consigues las nueces de pará que te pido, entonces a cambio me llevaré tu vida, ¡qué te parece nuestro nuevo trato!

Diomedes comenzó a sudar copiosamente experimentando una gran sofocación que casi lo deja inconsciente, mientras no podía quitar la mirada de los ojos de Maxilian, que como suelen hacer las serpientes hipnotizan a sus víctimas antes de atacarlas, de inmediato después de lo dicho por el anciano él y su acompañante se dieron la vuelta y se marcharon, Diomedes no recuperó su voluntad hasta que los dos visitantes salieron de su negocio, asustado y tembloroso se desplomó en el suelo, experimentó claros síntomas de asfixia, pero en la medida que Maxilian y su acompañante se alejaban del lugar, la influencia del poder de Maxilian gradualmente desaparecía, por lo que comenzó a recuperarse; cuando varios de sus trabajadores vieron a Diomedes que estaba en el suelo respirando con dificultad, corrieron a socorrerlo.

Mientras... en la casa del niño Teofrasto, Danther ya había concluido su relato por lo que todos tenían un sinfín de preguntas para aclarar ciertos detalles que no quedaron completamente claros, como por ejemplo, Wilhelm preocupado por la seguridad de su hijo preguntó.

- ¿Pero al final ellos lograron realizar al homúnculo, o no?

A lo que Belucina le respondió.

- Por los vestigios que encontramos de restos esparcidos, seguramente de fallidos intentos realizados por los brujos, llegamos a la conclusión de que no lo lograron.

- ¿Pero se investigó?, qué pasaría si lo lograron realizar y lo sacaron antes de que ustedes llegaran.

Dijo Wilhelm visiblemente preocupado.

- Eso no lo creo posible, la única vía de salida para ellos era por la puerta gigante, así que no pudieron sacarlo de ningún modo, tendrían que haber pasado frente a nosotros y eso jamás sucedió.

Respondió Belucina, pero Zzipoo, como siempre muy atento a todas la conversaciones se le ocurrió preguntar.

- ¡Bueno, pero que tal si lograron hacer al homúnculo y lo escondieron donde nadie se le ocurriría buscar!

Todos se quedaron en silencio después de escuchar el comentario de Zzipoo...
En realidad a nadie se le había ocurrido buscar en el recinto algún lugar en donde podrían haber ocultado al homúnculo, Danther con la finalidad de evitar que todos cayeran en pánico, con total calma tomó la palabra y dijo.

- ¡Si eso hubiera pasado! en principio de ningún modo el homúnculo habría sobrevivido tanto tiempo solo sin agua ni alimento, aparte estuvimos varias horas en el recinto, en algún momento habría llorado, ¡según recuerdo jamás escuchamos un llanto de niño!, además debo ser totalmente franco, aun suponiendo que ellos hubieran logrado esconder al homúnculo y hacerlo pasar desapercibido ante todos nosotros incluyendo a los Ángeles, creo que la explosión del puente interdimensional fue tan descomunal que dudo mucho que algo tan frágil como un bebé sobreviviera a eso.

Al escuchar lo que dijo Danther volvió la calma para todos, su razonamiento era bastante lógico y convincente, sin embargo Belucina se quedó pensativa como si una pieza del rompecabezas no encajara completamente, su alta capacidad de percepción algo le advertía, pero no podía dilucidar de que se trataba.

Mientras en el castillo ya estaban de regreso Maxilian y el híbrido, sin pérdida de tiempo se dirigieron al subsuelo donde el brujo tenía su laboratorio; bajando las tétricas escaleras el híbrido le preguntó.

- ¿Qué haremos aquí?   .

- Ganar tiempo, prepararemos la pócima con la cual podremos insertarnos en el corazón de las frutas.

- ¡Cuales frutas!

Preguntó el híbrido.

- ¡Las nueces de pará, qué te pasa!, ¿No sabías que las nueces son frutas?

Le dijo sorprendido Maxilian.

- La verdad no lucen como frutas, más bien parecen semillas.

Respondió el híbrido.

- Bien debo repasar la receta, alcánzame el libro.

- Aquí lo tienes.

- A ver, a ver; depositar un pedazo de uña de cada persona que va a ser convertida o un cabello, un escupitajo de cada quien, cada uno deberá soplar sobre el preparado; una nuez para cada uno que vaya a ser insertado, una pizca de polvo mágico de hada por cada persona y finalmente el recipiente deberá ser calentado por el calor de todas las manos que participen en la conversión.

- ¡Cómo es eso que el recipiente se calentará con las manos!

Dijo el híbrido.

- Así debe ser, ¿no ves que tienen que participar los cuatro elementos que viven en nuestro cuerpo?

Dijo Maxilian.

- ¡Claro, ahora comprendo! O sea que las uñas o el cabello son la tierra, el escupitajo es el agua, el soplido es el aire y finalmente el calor de nuestras manos será el fuego, soy un genio, soy un genio.

Comentó saltando de un lado a otro alegremente el híbrido.

- No precisamente pero... Al menos esto ya lo comprendiste, a propósito... Nada de nuestras manos, olvídalo no te incluyas porque tú no vas a ser convertido.

Dijo Maxilian.

- ¿Baaa y porqué? si yo también quería participar en la operación, no te olvides que yo salvé al homúnculo.

Respondió todo decepcionado el híbrido, al saber que para esta operación Maxilian no lo estaba tomando en cuenta.

- Tengo para ti algo mucho más importante en esta misión, tú serás el que pondrá la bolsa de nueces frente al portón que está antes del circulo de protección en la casa del Dr. Wilhelm, lo harás cerca de la hora en que el regresa de su trabajo, para que la encuentre y piense que se le cayó a alguien de la casa y la introduzca dentro, si la bolsa de nuez entra en su mano, el campo de protección no nos detectará.

Dijo Maxilian

- ¡Claro, bien pensado!, pero hay un detalle, como esas nueces son bastante raras si abre la bolsa y no reconoce que es, seguramente se deshará de la bolsa pensando que es algo que no sirve.

Comentó el híbrido.

- Tienes razón, pero sólo por un detalle eso no pasara.

Respondió Maxilian.

- ¿Cuál detalle?

Preguntó el hibrido muy interesado en lo que le iba a contestar Maxilian.

- La bolsa llevará un letrero bien grande con letras en rojo que dirá nueces de pará, por supuesto tu cuando pongas la bolsa en el camino, lo harás con el letrero bien visible para que lo lea y no tenga dudas.

Le dijo Maxilian.

- Está bien, así lo haré.

Contestó el híbrido.

- Sólo resta resolver un detalle... ¡El polvo de hada!; creo que vamos a tener que hacer un viaje al bosque, debemos encontrar a las hadas encargadas de los árboles y frutos.

- ¡Para qué! las hadas son seres de luz ¿qué haremos con ellas?

Dijo preocupado el híbrido.

- No te pongas a la defensiva, sólo descubriremos donde están sus hogares y cuando salgan a sus tareas cotidianas nosotros les robaremos el polvo mágico, ingrediente básico para la realización del hechizo de las nueces ¿ahora comprendes mi plan?

- Claro que sí, muy buen plan excepto por un detalle.

Dijo el híbrido.

- ¿Cuál es?

Preguntó Maxilian.

- ¿Me puedes decir de qué forma pasaremos desapercibidos en un mundo lleno de toda clase de elementales? ¡Nosotros ni siquiera tenemos su tamaño! ¿Cómo nos mezclaremos con ellos sin que noten nuestra presencia?

- Bueno toda misión tiene sus riesgos ¿verdad?

Comentó Maxilian.

Cuando el híbrido escuchó a Maxilian hablar de riesgos, ¡ya esperaba lo peor!

- ¡Ahora si lograste captar mi atención! de que estamos hablando cuando dices riesgos.

Preguntó el híbrido.

– Tú y yo nos vamos a convertir en este mismo instante en dos inofensivas moscas.

- ¿Moscas?

- Sí que vamos a ir de hoja en hoja, de flor en flor, posándonos en donde queramos, nadie nos prestará atención, observaremos todo y en el momento preciso ejecutaremos nuestra hazaña, ¡qué te parece mi idea!

Preguntó Maxilian.

- La verdad ¡aterradora!

Contestó el híbrido.

- ¿Aterradora?... ¡Y porque aterradora! que tiene de malo mi plan.

Dijo Maxilian casi a punto de perder la cordura.

- ¿Tú sabes que existen unos animales llamados arañas que tejen grandes telas en medio del bosque?
Que casi no se ven y que en un gran porcentaje de los casos las moscas caen prisioneras en ellas sirviéndoles de alimento, experimentando una muerte lenta y dolorosa, ¡eso es lo que quieres para nosotros!

Comentó el híbrido mientras Maxilian se horrorizaba con las imágenes que las palabras del híbrido provocaban en su mente, por lo que cambió radicalmente sus planes.

- Mmm bueno pensándolo bien, no había reparado en tan funesta circunstancia, así que mejor aún, en vez de moscas seremos pájaros, ¡simples y vulgares pájaros!

Dijo Maxilian.

El híbrido no estaba del todo convencido, pero el segundo plan era por mucho mejor que el primero, ¡aunque no dejaba de tener sus riesgos! Sin duda en su mente pasaba la idea de toparse con un halcón, un gato montés o una culebra y en fin con tantas otras cosas más, pero de alguna manera se tenía que lograr esta misión con éxito, volver con el polvo mágico era primordial porque de lo contrario, el hechizo planeado para cambiar al homúnculo por el niño quedaría sin poder realizarse.
¡Además todavía dependían de que la amenaza que Maxilian le hizo al mercader surtiera el efecto esperado, a menos que consiguiera esas famosas nueces tan raras que no las conocía nadie!... De pronto, Maxilian chasqueó sus dedos y sin pérdida de tiempo ya estaban volando, ¡Maxilian y

el híbrido ya eran pájaros! Para el híbrido era toda una experiencia, sentía una genuina sensación de libertad y a la vez lo invadía el vértigo; la adrenalina crecía y todo se volvió divertido, mientras la tarde comenzaba a envejecer y comenzaron a escucharse los primeros cantos de la aves que llamaban a los refugios para dormir, la noche no tardaba en llegar, Maxilian y el híbrido se asentaron en las ramas de un árbol de tilo para organizarse, era preciso dejar claro lo más importante; en los primeros momentos del crepúsculo algo mágico sucede cada noche, el espíritu del bosque despierta y con él todos los seres elementales, este es el único momento para poder encontrar el lugar en donde habitan las hadas de los frutos, sólo ellas poseen el polvo mágico que se precisa para el hechizo, por lo que Maxilian dijo.

- De ahora en adelante tendremos que buscar las últimas ramas de los árboles más altos... Que seguramente serán el olmo o el roble.

- ¿Para qué haremos eso?

Preguntó el híbrido, mientras los demás pájaros se les quedaban mirando como diciendo "En qué idioma hablan estos".

- Desde lo alto será más fácil identificar el resplandor del espíritu del bosque, en el lugar donde se produzca su aparición ahí también estarán las hadas, deberemos darnos prisa para ver cuando salgan e identificar donde ocultan sus casas, así que atento que ya no tarda en despertar.

Volaron hasta un frondoso olmo gigantesco y sobre una de sus ramas más altas se posaron a observar, esperando pacientemente a que el espíritu del bosque se manifestara.

- ¿Tienes hambre?

Preguntó Maxilian.

- Un poco, no parece pero se gasta mucha energía para volar.

Respondió el híbrido.

- Tienes razón... Yo estoy que me muero de hambre y no sé qué podemos comer.

Dijo Maxilian.

- Esas bayas que están en esas ramas se ven apetitosas.

Comentó el híbrido casi a punto de saltar y comenzar a comérselas.

- Espera un momento, tenemos que hacer un sacrificio, aguardaremos hasta que el espíritu del bosque despierte, luego cuando encontremos la casa de las hadas podremos comer muchos manjares, ten paciencia.

Propuso Maxilian.

- Pero yo escuché que no se debe comer la comida de las hadas, porque ya no vuelves a comer nunca más comida mundana.

Dijo el híbrido.

– Si... Sí, pero yo en este momento no soy humano y tú, no eres, ¡ni serás humano! así que no te preocupes.

Respondió Maxilian casi burlándose.

En ese preciso instante todo el bosque se inundó del murmullo de ciento de miles de voces, la luz del sol resplandecía en las nubes del ocaso alargando la agonía del día, mientras una infinidad de luciérnagas volaban adornando la copa de los árboles y entre ellas algunas un poco más grandes, fue toda una sorpresa para Maxilian y el híbrido ver a las primeras hadas pigmeas que sobrevolaban el bosque en busca de novedades, de pronto un racimo de estrellas fugaces iluminaron el joven cielo nocturno, fue entonces que por fin el resplandor del espíritu del bosque apareció como un majestuoso arcoíris, como si fueran cintas de la aurora boreal, los haces de luz serpenteaban en una danza de esplendor sin igual, ¡de pronto ellas... Miles y miles de hadas danzaban en el aire! Todas graciosas, bellas y juguetonas, se movían a gran velocidad en grupos diferentes de acuerdo a sus diversas labores, pero a Maxilian sólo le importaba un grupo, las encargadas del polen, de las flores y de los frutos, que por cierto sus movimientos eran muy similares al de un refulgente y gracioso colibrí; jugueteaban cerca de los árboles en flor, vigilando la realización de los frutos, a raíz de eso Maxilian logró identificarlas y desde luego lo primero que hizo fue zambullirse junto a su compañero el híbrido en la espesura del bosque; buscaba sus casas, se movían erráticamente como si no tuvieran un lugar fijo donde dormir, pero siempre vigilantes observando a las hadas colibrí, buscando de donde salían, de repente a una de ellas se le hizo raro que dos pájaros que se supone deberían estar durmiendo, anduvieran todavía saltando de rama en rama como aves nocturnas, así que se acercó y les habló en la lengua de los pájaros, pero ni Maxilian ni el híbrido sabían hablar esa lengua, la pequeña hada al no recibir respuesta a su pregunta de ninguno de los dos pájaros, se alarmó, por lo que pronto las otras hadas sintieron la aflicción de su compañera y todas dejaron de hacer lo que hacían y acudieron al lugar en donde estaban Maxilian y el híbrido con la hada, en cuestión de segundos estaban completamente rodeados, hablaban en un idioma que Maxilian y el híbrido no comprendían, pero se notaba que estaban visiblemente enojadas, hasta que una de ellas lanzó un grito y todas transformaron sus bellísimos rostros en rostros grotescos y coléricos, todas formaron bolas de energía entre sus manos a punto de disparar en contra de los dos intrusos, pero de repente un sonido descomunal invadió todo el bosque como si se tratara del canto de un gran corno, inmediatamente desistieron de todo, se dieron la vuelta y todas se echaron a volar a gran velocidad en una misma dirección, Maxilian y su acompañante sin pérdida de tiempo salieron detrás de ellas, se elevaron por encima de los árboles para ver de qué se trataba, cuando miraron se quedaron perplejos al ver tanta majestuosidad, vieron una inmensa pirámide cónica invertida, formada por todas las clases de hadas existentes en el bosque, un sinfín de luces danzaban en círculo alrededor del espíritu del bosque, que tenía la forma de una bellísima doncella de un gigantesco tamaño, hecha de diferentes matices de luces, cada una de las hadas pasaba por su lado y en una pequeña bolsita hecha de hojas que cargaban en su cintura, recibían de su mano una cantidad del polvo mágico con el cual debían ejecutar sus trabajos la noche del día de hoy, bailando una danza sublime que parecía no terminar jamás, Maxilian y el híbrido fueron quedando absortos como si ese raro influjo los hipnotizara de tal manera, que poco a poco en especial el híbrido fue perdiendo su conciencia al punto tal que empezaba a ser arrastrado por esa corriente, acercándose cada vez más y más a la pirámide de hadas; Maxilian que estaba también influenciado por el influjo de las hadas no se daba cuenta de lo que les pasaba "Según cuentan que cuando una persona cae bajo los efectos embriagantes de la danza de las hadas, el tiempo pasa pero no lo sientes y puedes estar años danzando sin parar"... De pronto Maxilian reaccionó y recuperó su cordura saliéndose del influjo de la danza, pero el híbrido estaba absorto, hasta su rostro evidenciaba un total éxtasis, completamente hipnotizado iba derecho hacia la pirámide de hadas sin importarle nada más, Maxilian voló en frente de él y le picoteo la frente, en ese instante el híbrido apenas reaccionó como si despertara de un sueño y de pronto preguntó.

- ¿Dónde estoy?

- No hables, no digas nada, da la vuelta y disimuladamente vuela hacia abajo, aprovechémonos que están en su danza para buscar el polvo mágico, al parecer este baile sirve para que el espíritu del bosque les provea del polvo mágico a todas.

Dijo Maxilian.

- Pero no creo que se lo gasten todo, siempre algún residuo les quedará en sus bolsas.

Comentó el híbrido.

– Si... Pequeñas cantidades que iremos juntando de bolsa en bolsa hasta completar lo que necesito para el conjuro.

Dijo Maxilian y se lanzaron en picada en busca de su preciado botín, llegaron directo al gigantesco tronco de roble, en cuya base debajo de la raíz más prominente existía un agujero de considerable tamaño, de donde vieron a las hadas colibrí entrar y salir, sospechando que se trataba probablemente de sus casas no dudaron ni un momento en entrar, pero una vez que traspasaron la obscura puerta del agujero en el árbol, se abrió un mundo luminoso lleno de flores, de colores intensos como jamás habían visto, aves luminosas con un plumaje multicolor y una dulce melodía como un tenue silbido similar al que produce la suave brisa al pasar por las ramas de los pinos, que invitaba a dormir, el híbrido casi inmediatamente estaba durmiéndose hasta que Maxilian se dio cuenta y otra vez lo picoteo en la cabeza, todo el recinto estaba lleno de diminutas camas, algunas hechas de pétalos de rosas, otras de hojas de tilo, de flores de lavanda en fin el aroma del lugar era embriagante...

Daban tantas ganas de quedarse a dormir un ratito pero Maxilian se propino así mismo unos picotones en sus patas y se dijo.

- Qué te pasa despierta no te puedes dormir.

Volteó a mirar a su compañero y el híbrido ya estaba plácidamente dormido en una de las camas de las hadas, le dio tanto coraje que levantó vuelo y se dejó caer en picada estrellándose con sus patas contra la panza de el híbrido, que sobresaltado se despertó súbitamente y asustado preguntó.

- ¿Ya llegaron, ya llegaron?

- Despiértate aquí no te puedes dormir.

Dijo Maxilian enojado.

- Disculpa es que está tan agradable y apacible aquí que...

¡Y el híbrido se volvió a dormir!

Maxilian, ya preocupado por temor a que aparezca alguna de las hadas se desesperó y con el pico tomó la pata de su compañero y lo arrastró hasta sacarlo fuera de la cama, cuando el híbrido pegó con la cabeza contra el suelo, se despertó.

– ¡Ay! me dolió, ¿qué sucede porque no me dejas dormir?

Dijo el híbrido.

Maxilian, al ver la total inconsciencia del híbrido estuvo a punto de agarrarlo a picotazos, pero se contuvo porque consideró primordial la misión que todavía tenían que concretar, por lo que prácticamente pegó su cara contra la del híbrido y mirándolo fijamente a los ojos, le dijo.

- Escúchame bien, no me hagas perder la paciencia porque te juro que no te gustará verme enojado, te ruego hagamos lo que vinimos a hacer de inmediato.

El híbrido visiblemente amodorrado por la mini siestecita que se acababa de tomar le dijo.

- Está bien discúlpame, no es mi intención sólo que está tan rico aquí...

Y el híbrido... ¡Se durmió otra vez!
Maxilian ya colmada su paciencia lo tomó a picotazos, harto y desesperado por su actitud le dijo.

- Si no vas a cooperar ¡aquí te dejaré! No seré responsable de tu destino cuando te encuentren las hadas aquí dormido.

Ante las palabras de Maxilian y con la poca conciencia que le quedaba a él híbrido finalmente reaccionó y dijo.

- Bueno pensándolo bien, creo que será mejor no dormir más.

- Bien, es evidente que sabes lo que te conviene, no quiero más esta actitud de lo contrario me veré obligado a prescindir de ti... ¿Te das cuenta que estás poniendo en riesgo la misión?

El híbrido solo guardo silencio y agachó la mirada, de repente Maxilian exclamó.

- ¿Miras lo que yo veo?

El híbrido levantó la mirada a la vez que giraba la cabeza en la dirección donde le indicó Maxilian.

- No, que miras tú, no veo nada extraño.

Respondió el híbrido.

-¿Vez la planta en forma de báculo con hojas que parecen de tela?

Dijo Maxilian.

- Sí, que tiene de especial.

Preguntó el híbrido.

- En realidad... ¡Esas son las bolsas que utilizan las hadas para cargar el polvo mágico!

- ¡Esas no son bolsas, son hojas ya estas alucinando Maxilian!

- ¡Yo las vi!, cuando danzaban traían en la cintura una bolsa exactamente igual, estoy seguro que las bolsas estaban hechas con estas hojas.

Decía eso Maxilian mientras se acercaba para confirmar sus sospechas.

- Bueno eso si es posible, tal vez las bolsas estén construidas con esas hojas, pero que estas sean las bol...

El híbrido de pronto fue interrumpido por Maxilian.

- ¡Pero nada, ven a ver!

Dijo Maxilian.

El híbrido se acercó tímidamente al árbol sólo para comprobar que en efecto se trataba de las bolsas que usan la hadas para sus tareas cotidianas, lo que parecía ser un árbol sólo era un tronco seco que servía de perchero, unas tenían pequeños restos de polvo mágico, otras contenían más; con sus picos de una en una fueron sacándolas del recinto hacia el exterior, una vez que tenían todas las bolsas fuera, Maxilian y el híbrido súbitamente retomaron su forma humana, con rapidez comenzaron a vaciar los restos del preciado elemento hasta casi llenar un bolsa completa, terminada la tarea Maxilian dijo.

- Misión cumplida ya podemos retornar al castillo ¡Andando!

Con total naturalidad comenzaron a caminar por una de las tantas sendas del bosque y luego de una corta caminata sus cuerpos gradualmente desaparecieron por completo frente a la mirada atónita de una serie de elementales del bosque que no entendían que estaba pasando.

Cerca del amanecer cuando retornaron las hadas, encontraron todas la bolsas vacías esparcidas frente a la entrada de su hogar, cosa que las perturbó demasiado, una de la hadas colibrí llamada Didina Dijo.

- Esto es obra de intrusos, seguramente son esos dos pájaros que descubrimos merodeando antes que el gran espíritu del bosque nos llamara.

Al lado del inmenso tronco de roble, se encontraba un anciano silfo sentado sobre una piedra, al escuchar lo que Didina dijo él respondió.

- No te equivocas, ni tampoco aciertas.

- ¿Cómo? Anciano no te comprendo, ¿fueron esos pájaros, o no?

Preguntó Didina.

- Fueron ellos, pero luego ya no eran ellos.

Contestó el anciano silfo.

- ¡Cómo es eso anciano, me confundes a que te refieres!

- Primeramente dos pájaros extraños...

Salieron del interior del tronco de roble transportando en su pico una a una las bolsas, cuando ya sacaron todas se convirtieron uno en humano y el otro en... ¡No pude definir a que raza pertenecía! era como mitad pez, mitad ángel, después recolectaron el residuo de polvo mágico de cada una de las bolsas y lo juntaron todo en una sola hasta casi llenarla, luego se fueron caminando por ese sendero, a los pocos pasos desaparecieron.

- Si tenían esas características se trata de brujos, ¿el humano vestía de negro?

Preguntó Didina.

- Si el humano vestía de túnica negra con capucha y el otro vestía de gris.

Respondió el anciano silfo.

- ¿Para qué querrán el polvo mágico? ¡Esto es algo delicado! será mejor que consultemos con el consejo, al parecer algo peligroso traman, no podemos dejarlo así.

De inmediato se pusieron en contacto a través de la cadena jerárquica pertenecientes a las hadas, hasta que la situación llegó a oídos de Belucina.

Danther que todavía estaba en casa de Teofrasto, al ver que todos sus amigos más cercanos estaban en la casa de Wilhelm, decidió pasar unos días con ellos, Belucina preocupada por lo que le acababan de comentar reaccionó enojada y mientras se paseaba de un lugar a otro, dijo.

- ¡Al Parecer esto no terminó!... No perdieron su tiempo mientras nosotros estamos aquí reviviendo todo como una feliz anécdota, ellos continúan trabajando con el fin de destruirnos, ¡hasta cuándo vamos a permitirles tanto descaro! Es evidentemente que ya perdieron la vergüenza... ¿Qué haremos al respecto?

Todo mundo se quedó en silencio, nadie entendía como súbitamente Belucina cambió tan radicalmente de humor, jamás la habían visto así, ¡tan enojada, tan fuera de sí! Danther tomó la palabra y le dijo.

- Belucina nos está preocupando a todos, ¿Le sucede algo que nosotros no sepamos?... ¿Por qué está tan enojada?

- Me acaban de informar que una hada colibrí del bosque reportó el robo de una bolsa llena de polvo mágico, el testigo del hecho describió a los ladrones como un hombre vestido de negro con capucha y un ser que aún no determinan su especie, porque al parecer es mitad pez, mitad ángel ¿Eso acaso les dice algo?

Preguntó Belucina.

– Bien, no nos precipitemos vamos a dilucidar este enigma, ¿Quién es el testigo que vio lo que sucedió?

Preguntó Danther.

- Es un anciano silfo del bosque.

Respondió Belucina.

- Bueno es casi un hecho de que todo lo que dijo es verdad, un anciano silfo no mentiría.

Dijo Danther.

- Es que la descripción que dio el silfo sólo encaja con dos personas que conocemos.

Contestó Belucina.

- Antes de que nos aventuremos a decir quiénes son, es preciso que primero determinemos ¡Como dos seres de tamaño de una persona normal, pudieron meterse en el interior de la casa de un hada colibrí!

Preguntó Danther.

- Según el informe que recibí, dice que el testigo primero vio a dos pájaros salir del hogar de las hadas, sacando en su pico una a una las bolsas que contenían residuos de polvo mágico de los días de trabajo anteriores, luego estos mismos pájaros tomaron forma de personas, una vez que recolectaron el polvo mágico se marcharon por un sendero del bosque.

Comentó Belucina.

- ¿Qué rumbo tomaron, tiene esa información?

Preguntó nuevamente Danther.

- No pero inmediatamente pediré que consigan el dato que me pides.

Dijo Belucina.

- Es posible que estos seres que perpetraron el robo, tengan otros elementos que conseguir para completar los ingredientes del conjuro que pretenden realizar, por lo que sugiero que alertemos a todos los elementales que viven en las cercanías de humanos, para que presten especial atención e informen de cualquier actividad extraña, en especial si la descripción de los actuantes coincide con la que tenemos de los sospechosos.

Dijo Danther.

- Me informan que el rumbo que tomaron los ladrones fue hacia el sudoeste.

Dijo Belucina.

- Bien tenemos que hacer una investigación del entorno de esa área para tratar de encontrar el lugar en donde se esconden, no creo que estén muy lejos.

Comentó Danther.

- Belucina, acaba usted de comentar que sospecha de alguien que ustedes ya conocen, si se tratase de esos individuos ¿Cuánto peligro implica para Teofrasto?

Preguntó Wilhelm.

- Es apenas una sospecha no existe nada concreto, sólo tenemos una muy débil información de esos posibles personajes.

Comentó Belucina.

- ¿Puedo saber de qué se trata la información que tiene?

Preguntó nuevamente Wilhelm ávido de saber los por menores.

- Cuando estábamos casi a punto de regresar del Paso de San Gotardo, Danther logró información acerca de quién era el líder de los brujos negros, el objetivo era conseguir detalles de los que estaban detrás de todo el complot que se tramó en contra de Teofrasto, así que esperamos a que se durmieran y entré en la mente del comandante de los brujos negros, logré extraer información acerca de una organización de gente con mucho poder económico y político, interesados en expandir su poderío, para lo cual, se valieron de la participación de un nefasto personaje, del cual lo único que averigüé es su supuesto nombre y su desagradable imagen...

Dijo Belucina.

- ¿Y cómo es él?

Preguntó Wilhelm.

- Él es un hombre vestido totalmente de negro, con una caperuza en la cabeza y manos grandes, con uñas largas y sucias, el nombre que escuché fue Maxilian.

Belucina después de relatar lo sucedido se quedó con la mirada fija en un punto, pensativa y aparentemente triste.

- Ahora comprendo Belucina a lo que se refería cuando me preguntó si la descripción de los ladrones no me decía nada... Pensándolo bien tal vez tenga usted razón, puede que se trate de la misma persona, de ser cierta su sospecha me preocuparía mucho más.

Comentó Danther.

- Maxilian, Maxilian, ese nombre me suena, al parecer se trata de un noble que tiene un castillo cerca de aquí, es un personaje parco, poco sociable, siempre vestido de negro con caperuza como lo describe usted Belucina.

Dijo Wilhelm.

- Wilhelm usted sabe exactamente ¿Dónde está el castillo de ese hombre?

- Por supuesto Danther, pero ahora es poco prudente ir a esa zona, sería arriesgarnos demasiado.

Comentó Wilhelm.

- Para usted sí, pero para nosotros no, tenemos la facultad de desplazarnos a velocidades tan vertiginosas que pasamos desapercibidos para las personas, eso nos permitirá investigar sin que nadie se percate de nuestra presencia ¿Dónde está el castillo señor Wilhelm?

Preguntó finalmente Danther.

- Está en una ladera de las montañas del norte, las que dan junto al lago, en frente de la ciudad.

Respondió Wilhelm.

- Doto... Prepara un pelotón de seis gnomos, saldrás de inmediato hacia el castillo de Maxilian, investigarás en silencio toda la actividad que se realice en su interior, procura que nada delate la presencia de ustedes, una vez que tengas información concreta regresas aquí, entre todos tomaremos una decisión de lo que haremos al respecto, no actúes por tu cuenta por más urgente que te parezca,

podría ser muy peligroso para todos...
¿Entendido?

- Entendido Danther.

Respondió Doto.

- Bien entonces en marcha.

Ordenó Danther.

Mientras, en el castillo de Maxilian todo
está listo para la realización del conjuro,
sólo faltan las famosas nueces de pará que
seguramente al despertar Maxilian
personalmente irá a buscarlas en el puesto
del mercader Diomedes...
De pronto unas luces resplandecieron en
una de las salas del castillo, Doto y sus
soldados ya estaban dentro, se movieron
rápidamente para encontrar un escondite,
distribuyéndose estratégicamente por todo
el castillo para estar al tanto de lo que
llegara a acontecer, cerca del amanecer de
repente la puerta de una habitación se
abrió y salió Maxilian, visiblemente
apurado, caminó directamente a donde
estaba la habitación del híbrido, abrió la
puerta violentamente y desde luego el
híbrido que dormía plácidamente, de
manera súbita se despertó sobresaltado, se

sentó en la cama y preguntó.

- ¿Qué sucede?

Maxilian con el rostro totalmente desencajado y tragando saliva, le dijo.

- No sé si fue una visión o lo soñé, pero claramente vi que invadían mi castillo, vi fuego por todas partes y elementales de toda clase dentro de mis dominios, vi al niño en manos de un mago que se ha convertido en mi peor pesadilla... Pero ya veo que sólo fue un sueño, fue tan real que creí que algo le estaba pasando al...

Maxilian detiene su comentario al ver que el homúnculo dormía tranquilo en su cuna, al lado del híbrido.

- Bueno en fin es evidente que sólo fue un sueño, me desesperé por eso entre tan de prisa.

Doto escuchó la conversación pero no lograba comprender claramente a que se refería Maxilian.

- Está bien no te preocupes, ya pasó.

Respondió el híbrido.

- ¿Estás seguro que perteneces a las fuerzas del mal?

Le preguntó Maxilian al híbrido.

- Esa es mi naturaleza, al menos en ese ambiente nací.

Respondió el híbrido.

- Digo porque, de repente eres demasiado amable, lleno de temores y sentimentalismos que no son propios de nuestra naturaleza.

Comentó Maxilian.

- Bueno así soy, qué quieres, mi mamá era una sirena.

Respondió el híbrido.

- Quizás se deba a eso, bien ya prepárate, vamos a ir a buscar las nueces al lugar del mercader.

Dijo Maxilian.

- Está bien, en un momento estaré en la sala listo para partir.

Respondió con un tono complaciente, el híbrido.

- Ves, a eso es a lo que me refiero, siempre eres demasiado agradable ¡Y yo detesto a los que son demasiado agradables, me inspiran poca confianza!

Dijo Maxilian levantando el tono de su voz casi gritando, visiblemente contrariado como si la personalidad del híbrido le comenzara a molestar, de pronto el híbrido agachó su cabeza como niño regañado pero de repente al levantarla nuevamente su rostro comenzó a cambiar y reaccionó de un modo bastante inesperado, contrariado casi a punto de perder el control, el híbrido se convirtió en un ser monstruoso y avanzó violentamente, destruyendo todo a su paso hasta pararse en frente de Maxilian, cara a cara y con una voz cavernosa y gutural, le dijo.

- ¿Esta personalidad te gusta más? Espero que ahora recuerdes quien soy, el que tenga controlada mi parte infernal no significa que sea un débil ¡No me hagas sentir incómodo en tu casa, Amigo!

- Bueno debo de reconocer que tu estilo es bastante original... Me convenciste, tienes talento trabajaremos juntos.

Respondió Maxilian un poco tembloroso, luego se dio la vuelta y se marchó.

– ¡Está bien!, en un rato nos vemos en la sala.

Dijo el híbrido retomando su aspecto natural mientras miraba marcharse a Maxilian; el homúnculo a pesar del desastre que provocó la conversación entre Maxilian y el híbrido jamás se despertó; Doto que lo vio todo, mimetizado en un adorno de naturaleza muerta estaba totalmente sorprendido ¡Desde luego que todos conocemos lo curioso que es y quiso saber más!, se acercó hasta la habitación del híbrido para ver de qué manera se confundía con algunas cosas del paisaje de la recámara e investigaba más al respecto de este extraño personaje que había capturado su atención, lo que jamás imaginó Doto, fue que se encontraría con una sorpresa que lo cambiaría todo, sólo unos pocos movimientos disimulados dentro de la habitación del híbrido y... De pronto se le congeló la sangre, ¡Estaba justo frente a él, casi no podía creer lo que miraba, el homúnculo estaba ahí, en su cuna, profundamente dormido!, cuando lo vio su sorpresa fue tan grande que casi delata su presencia al hacer caer un candelabro de plata que estaba sobre la cómoda en la cual se había trepado, Doto quiso recargarse en el candelabro luego de perder el equilibrio producto de la terrible impresión que el nuevo hallazgo le había provocado, este se deslizó y cayó al suelo¿ el híbrido al escuchar la caída del objeto se dio la vuelta e inmediatamente se acercó con sigilo hasta donde estaba Doto, todo indicaba que a pesar de la mimetización lo había descubierto, acercó su mano como si lo fuera a atrapar, Doto sólo opto por cerrar los ojos y esperar a que sus dedos escamosos y de largas uñas lo aprisionaran, pero nada pasó, cuando abrió nuevamente los ojos, el híbrido se alejaba de él empuñando en su mano el otro candelabro, pareja del que se había caído y que estaba a su lado, pero por el nerviosismo y la conmoción que le produjo el sorprendente hallazgo, no se había percatado de ello; luego el híbrido se inclinó, recogió el otro candelabro del suelo y los colocó a ambos en un lugar diferente, después tomó su capa y salió de prisa de la habitación...

Doto manifestó una expresión de total alivio y de inmediato la primera intención fue tomar al homúnculo y huir con él, pero desistió al saber que no tendría oportunidad, el castillo realmente estaba muy custodiado, el ingreso fue muy dificultoso y salir con el homúnculo sería un suicidio, absolutamente sorprendido por el hallazgo se crearon un sinfín de interrogantes en su cabeza, solo de una cosa si estaba seguro, que existía el homúnculo y era solamente con un fin ¡Remplazarlo por Teofrasto!, pero ¿Cómo lo harían?, ¿Cuándo lo harían?, tenía que tomar una decisión, abandonaba el castillo llevándose al homúnculo consigo o se quedaba para obtener información más precisa, era una disyuntiva que debía resolver, luego de meditar por un corto tiempo Doto tomó una decisión y pensó en voz alta.

- Me quedaré, más peligroso sería salir de aquí cargando con el engendro, arriesgaría mi vida y la de mis soldados, mejor debo lograr encontrar algo más concreto, información más precisa de cómo piensan actuar.

Era evidente de que cuando Danther se enterara de la existencia del homúnculo habría una total revolución que conmovería hasta los más altos niveles del consejo ¡Pero por ahora no podía informarles nada, estaba completamente aislado!... Luego de meditar eso, Doto caminó unos breves pasos y desapareció al penetrar la pared de la habitación con su cuerpo...

Mientras, Maxilian y el híbrido ya caminaban en las calles del mercado rumbo al despacho de Diomedes.

- ¿Qué haremos si Diomedes no te consiguió las nueces?

Dijo el híbrido.

- Entonces cumpliré con mi promesa, ya sabes, las promesas son deudas.

Contestó Maxilian sarcásticamente.

- ¿Qué pasaría si en verdad no pudo conseguirlas?, esas nueces vienen del nuevo mundo no ha de ser tan fácil conseguirlas, ¿De todos modos te cobrarás con su vida?

Preguntó el híbrido.

- Diré que ese es de los males el menor... Sin duda alguien en el pasado tiene que haber encargado un cargamento de esas nueces y él sabe quién fue, estoy seguro que si en algo aprecia su vida, momentos después que nosotros nos fuimos de su despacho, mandó a buscar las nueces lo más rápido posible.

Dijo Maxilian.

- ¡Bueno veremos si hizo lo que dices!

Respondió el híbrido.

- Sea donde fuera que esté el comprador que las encargó, él fue por ellas créeme, sabía que estaba hablando muy en serio cuando lo amenacé que me llevaría su vida si no tenía las nueces para mi regreso, así que lo más probable es que las nueces ya estén en su poder ¡Y nosotros las tendremos en nuestras manos hoy mismo!

Respondió optimistamente Maxilian.

El híbrido se quedó callado ya no dijo nada más, sólo siguió caminando en silencio a su lado, momentos después arribaron al despacho de Diomedes, al entrar lo vieron sentado detrás de su escritorio como siempre, tranquilo como si nada sucediera. Maxilian y el híbrido avanzaron confiados hasta pararse frente a él, entonces Maxilian preguntó.

- ¿Tienes la bolsa de nueces que te encargué?

Diomedes levantó la mirada y esbozó una sonrisa burlona, de inmediato desde atrás dos hombres muy fuertes los envolvieron a Maxilian y al híbrido con unas redes y posteriormente los metieron a cada uno en una bolsa, una vez sometidos, los tiraron al suelo y comenzaron a patearlos, profiriéndoles toda clase de insultos, luego Diomedes se acercó e inclinándose buscó donde estaban sus cabezas y como hablándoles al oído les dijo.

- Cuando amenazas a alguien primero debes de pensar si tienes el poder de cumplir tus amenazas, porque de lo contrario pasa lo que te sucederá a ti ahora, el que va a morir serás tú viejo decrépito y ridículo ¿Qué creías, que podías venir a exigir en mis dominios? Este es mi despacho y nadie me ordena en mi negocio.

Les decía eso mientras les proferían más patadas, pero desde una zona oscura del despacho de Diomedes se comenzó a escuchar una tenue carcajada, que poco a poco se fue haciendo más audible, hasta que de la penumbra aparecieron Maxilian y el híbrido caminando parsimoniosamente hasta acercarse a ellos, la sorpresa los tenia azorados a Diomedes y a sus fornidos ayudantes, no podían comprender como era posible, si con sus propias manos los sometieron y apresaron ¿Cómo es que ahora están parados frente a ellos?

- Tú sí que eres corto de mente, no te bastó ver lo que te mostré la vez pasada para que te dieras cuenta con quien estas tratando ¿Y me sales con esto?

Dijo Maxilian.

De inmediato los ayudantes de Diomedes intentaron atacarlos nuevamente, pero esta vez sólo le bastó a Maxilian hacer un movimiento de su mano y uno de los hombres salió literalmente catapultado, fuera del despacho rompiendo una de las paredes, del otro se encargó el híbrido, afloró su personalidad infernal convirtiéndose en el ser monstruoso que ya se mostrara anteriormente ante Maxilian, con la diferencia de que esta vez estaba decidido a actuar, se abalanzó sobre el hombre que también valientemente corrió a enfrentársele, el híbrido abrió su descomunal boca y literalmente lo tragó, en un instante el ayudante de Diomedes se convirtió en comida para el híbrido, luego de proferir un descomunal eructo y escupir las botas y la ropa del ayudante de Diomedes, el híbrido dijo.

– Mmm ya necesitaba un bocadillo.

Diomedes no sabía qué hacer, jamás había visto algo como lo que acababa de presenciar.

- ¿Conseguiste las nueces?

Preguntó nuevamente Maxilian, Diomedes temblando se acercó a una caja de madera que yacía cercana a su escritorio, de la cual extrajo una bolsa de género blanco llena de las famosas nueces de pará y las puso en las manos de Maxilian, este al recibir las nueces giró su cara y mirando al híbrido le guiñó uno de sus ojos como diciendo ¡Ya ves como yo tenía razón! Luego dijo.

- Si tenías las nueces, por qué no me las entregaste y sin duda mi amigo y yo habríamos dado media vuelta y jamás hubieras sabido nada más de nosotros.

Dijo Maxilian.

- Mi orgullo herido me enceguecí y me hizo actuar de este modo.

Contestó Diomedes.

- ¿Eres consciente que al intentar matarnos no puedo dejarte vivir?, Aunque... No sé, quizás matarte no sería un castigo verdaderamente adecuado para ti, mejor voy a concederte lo que tu propio orgullo dio a luz, estarás ciego como dijiste y con un par de defectos más.

En ese momento chasqueo sus dedos al lado de sus oídos y Diomedes sintió una violenta explosión dentro de su cabeza, desde ese momento no volvió a escuchar nada, luego lo tomó de la nariz al tiempo que arrojó al aire una porción de un polvo de color gris frente a su rostro, Diomedes al tener la nariz tapada por los dedos de Maxilian no tuvo más opción que respirar por la boca, al hacerlo, el polvo se introdujo dentro de su garganta, cuando llegó a sus cuerdas vocales se secaron como hojas en otoño, desde ese momento ya no pudo articular palabras y finalmente sopló en cada uno de sus ojos, de inmediato comenzaron a arrugarse hasta perder completamente su luz, Diomedes quedó ciego, sordo y mudo de modo que jamás podrá contarle a nadie lo que sucedió, por último Maxilian tomó con sus manos las manos de Diomedes y las aprisionó fuertemente y cuanto más apretaba más se atrofiaban, hasta que le quedaron sus manos completamente deformes e inservibles, lo hizo por si acaso se le ocurriera a Diomedes contar lo sucedido a través de un escrito, satisfecho con su malévola obra, tomó la bolsa de nueces y se marcharon del lugar con rumbo al castillo, ya todos los elementos para realizar el hechizo estaban completos, ahora nada le impediría entrar en la casa de Wilhelm y cambiar al homúnculo por Teofrasto, con el niño en su poder tendría un corazón puro e inmortal con el cual hacer la esmeralda que el anciano de los ángeles caídos perdió frente al arcángel Mikhael, además quedaría truncada la misión de Teofrasto en este mundo, todo estaba marchando muy bien para Maxilian, si se lograban los objetivos como estaba planeado, sólo restaría abrir nuevamente el portal interdimensional y tendría a sus socios del inframundo otra vez en este plano, para que con su ayuda según los deseos de la organización a la cual Maxilian sirve, logren la realización de todos sus planes de conquista y de poder en todo el mundo conocido.

Mientras tanto Doto en el castillo, aprovechó la ausencia de Maxilian y se le ocurrió entablar con sus soldados una búsqueda con el fin de descubrir cuál es el plan que pretenden llevar a cabo para secuestrar a Teofrasto, de pronto dieron con el libro de hechizos en el que figuraba el conjuro que Maxilian pretendía ejecutar, al abrir en la página donde se leen los detalles para su realización, encontraron también papeles con escritos de datos e ingredientes necesarios, quienes estarían involucrados en la misión, cuando y como actuarían, en fin todo cuanto planeaban hacer, al ver la lista de ingredientes, Doto comprendió para que habían robado el polvo mágico a las hadas, comenzó a leer y en la medida que ojeaba el libro y cotejaba datos con los escritos que Maxilian había dejado comenzó a comprender como realizarían el rapto, finalmente al entender todo con claridad se disponía a dar la orden a sus soldados para regresar con Danther, cuando sorpresivamente apareció Maxilian sin que ninguno advirtiera su presencia.

- ¡Qué impertinentes! ¿No opinas igual híbrido?

Dijo Maxilian que acababa de arribar de lo de Diomedes, con la bolsa de nueces todavía en su mano, Doto completamente sorprendido y sabiendo el peligro al que estaba expuesto juntamente con sus soldados, no esperó ni un instante y reaccionó, gritando.

- ¡Coalición! ¡Coalición!... De inmediato todos los gnomos se unieron formando un círculo y crearon una fuerza de energía alrededor de ellos.

- Cuanta energía tienes gnomo ¿Piensas que te durará indefinidamente o no te diste cuenta que estás en mis dominios?...
De aquí no saldrás, estas en mis manos o te rindes o te mueres, tú eliges.

Dijo Maxilian.

Mientras, el híbrido se acercó con un grupo de guardias del castillo, rápidamente rodearon a Doto y a sus soldados, el híbrido comenzó a emanar una energía de sus manos que parecía humo, poco a poco ese humo fue deslizándose hasta conectarse con las manos del primer guardia que tenía a su lados y luego con el otro y el otro hasta que finalmente completó el circulo, de pronto uno a uno fueron convirtiéndose en una versión distinta pero parecida del híbrido, con diferentes facultades, mezcla de la naturaleza del híbrido y del guardia a quien la fuerza influenciaba; cuando todos terminaron de ser convertidos al mismo tiempo elevaron sus manos a la altura de sus bocas las cuales se abrieron gigantescas y comenzaron a absorber tal como si fueran aspiradoras de luz, toda la energía del campo de protección que Doto y sus soldados habían creado, después de una larga y desgastante lucha finalmente el escudo protector se desvaneció, Doto juntamente con sus soldados cayeron al suelo exhaustos, completamente indefensos, en manos de los guardias del castillo que ya habían recobrado su forma original, inmediatamente Maxilian les dio una orden diciéndoles.

– Llévenselos, más tarde me ocuparé de ellos ¡Ahora tengo que hacer algo que es de vital importancia, no perderé mi tiempo con estos husmeadores!... ¡Híbrido!, busca a los guardias que designamos para la misión y tráelos y también desde luego al niño que hará que toda nuestra obra sea un completo triunfo... ¡Jamás se darán cuenta de que el niño que crían no es quien creen que es!, nadie sabe este secreto y lo usaré para nuestro beneficio de la mejor manera.

Pensaba en voz alta Maxilian.

Cuando Maxilian encontró a Doto en posesión de los escritos del plan, sabía que en ninguna parte los papeles mencionan la existencia del homúnculo por lo que asumió que Doto creyó que se trataba sólo de una invasión a la casa de Wilhelm con el fin de robarse al niño, lo que Maxilian desconocía es que Doto accidentalmente ya había descubierto la existencia del homúnculo, de haberlo sabido, Doto y sus soldados en este momento estarían muertos, por lo que este hecho pone a Doto en una posición muy delicada, por un lado fortuitamente se convirtió en la más grande amenaza para el plan de Maxilian, pero por otro lado, Maxilian podría ser finalmente el verdugo de Doto... Si no logra escapar a tiempo.

Mientras en la casa de Wilhelm, Belucina comienza a preocuparse.

- No sé qué pueda estar pasando con Doto, ha pasado ya bastante tiempo tendríamos que tener algún indicio de algo, este silencio no me gusta nada.

- Tiene razón usted Belucina pero también tenemos que ser prudentes, él y sus soldados se infiltraron dentro del castillo y una intervención nuestra tal vez pueda ser hasta peligrosa para ellos, pienso que debemos esperar y confiar que todo saldrá bien.

Dijo Danther.

- Quizás tienes razón Danther, pero mi corazón en este momento me dicta otra cosa.

Contestó Belucina.

- Si quieren podría intentar infiltrarme para saber si todo se está desarrollando con normalidad.

Dijo Anjana.

- Te lo agradecemos Anjana pero creo que Danther tiene razón, me estoy dejando llevar por la ansiedad, pienso que mejor esperaremos un poco más.

Expresó Belucina.

- Bien pero si al término de ese tiempo que quieren esperar deciden que alguien debe ir a investigar, cuenten conmigo.

Replicó Anjana.

- Gracias Anjana, desde luego que así será.

Dijo Danther.

La sensación de incertidumbre se dejaba sentir en todos los miembros de la casa de Wilhelm, menos en uno, en Zzipoo, su archí rival sentimental Doto, por la razón que sea estaba fuera del escenario y tenía el camino despejado para continuar conquistando a Nizza y por nada iba a desaprovechar semejante oportunidad, así que trazó un plan para esa noche y decía en voz alta parado en medio de uno de los pasillos de la casa.

– Con la ayuda de las hadas danzantes preparé una bella coreografía, pediré inspiración para componer y le haré una canción que diga todo lo que hay en mi corazón por ella, se la cantaré con la máxima potencia de mi voz y aprovechando que hoy es luna llena, su luz me iluminará, llenaré de luciérnagas el ambiente, será algo completamente bello y mágico.

Zzipoo inmerso en sus planes de conquista jamás se dio cuenta que Bendith y Nizza, caminaban en el mismo pasillo y se lo toparon, él estaba de espalda a ellas y alcanzaron a escuchar perfectamente todo el desarrollo de sus planes, por supuesto Nizza inmediatamente se dio la vuelta y salió corriendo, Bendith se quedó parada sin entender porque Nizza reaccionó así, Zzipoo al escuchar los tacones de Nizza se dio la vuelta y dijo.

- ¡Bendith!, disculpa a este gnomo enamorado, estaba manifestando en voz alta los planes que tengo para sorprender el día de hoy a mi amada, cuando los ruidos de tus tacones me sorprendieron.

- Oh Zzipoo te juro que no quisimos ser inoportunas, sólo que Nizza y yo nunca nos imaginamos encontrarnos contigo recitando tus intenciones para con tu amada.

- ¿Nizza venía contigo?

Preguntó un tanto preocupado Zzipoo.

- ¡Sí!...Y por alguna razón que desconozco, acaba de salir corriendo.

Le contestó Bendith

- Exacto, ese es el ruido de tacones que yo escuché, eran como cuando alguien corre, una pregunta ¿ella escuchó todo lo que dije?

Preguntó Zzipoo.

– Me temo que sí.

Respondió Bendith.

- Entonces yo sé porque salió corriendo.

Respondió Zzipoo completamente desalentado.

- ¿Podrías decirme por qué?

Preguntó Bendith.

- Ella piensa que los planes de los que yo estaba hablando eran para otra persona... Por eso salió corriendo.

Dijo Zzipoo.

- Pero no comprendo, porque ella tendría que reaccionar así... ¡A menos!... ¡Oh claro!, están enamorados, ¡ustedes dos están enamorados!

Comentó Bendith.

- Así es Bendith, pero ahora ella piensa que yo la engaño con alguien más.

Dijo Zzipoo.

- Pero porque habría de pensar así, si lo que estabas diciendo es hermoso, el sueño de cualquier fémina.

Contestó Bendith.

- Si, pero como tenemos el trato de que hablaríamos de nuestro amor hasta después de que pasara todo el peligro para el niño Teofrasto, me adelanté en hacer planes, confiando en que todo lo malo ya se acabó, y de que ¡Doto no está aquí!, aproveché que hoy es noche de luna llena y quería sorprenderla con todo lo que escuchaste hace un momento y así retomar nuestra conversación de amor.

Dijo Zzipoo completamente apesadumbrado.

- Claro ahora comprendo, mientras que para ti ya todo pasó y estás listo para iniciar la relación, para ella el peligro aún continúa, porque Doto fue a una misión muy importante para esclarecer el robo del polvo mágico a unas hadas colibrí del bosque, Danther lo envió al castillo de un personaje nefasto que se llama Maxilian, ¿seguramente no estás enterado de eso, verdad?

Dijo Bendith.

- Efectivamente no sabía nada, sólo sabía que Doto no estaba en casa, ¡no sé qué me pasa últimamente, sólo tengo mente para pensar en ella!

Dijo Zzipoo, visiblemente preocupado.

- Entonces creo que debes ir inmediatamente a hablar con Nizza.

- No creo que sea una buena idea Bendith, si voy es capaz de reaccionar mal y tirarme toda la pastelería sobre la cabeza.

Dijo Zzipoo.

- Bueno creo que pensándolo bien tienes razón, vamos yo hablaré con ella.

Dijo Bendith.

Los ojitos de Zzipoo se iluminaron llenándose nuevamente de esperanza, de inmediato se dirigieron en busca de Nizza, primero buscaron en su habitación y no la encontraron, luego pasaron por la cocina y tampoco estaba allí, Zzipoo comenzó a preocuparse al ver que no estaba en los lugares que normalmente frecuenta, de pronto Bendith tomó nuevamente de la mano a Zzipoo y se dirigió hacia afuera y efectivamente iluminada por una diáfana luna llena, sentada en un viejo tronco de madera estaba Nizza llorando, Zzipoo al ver a su amada tan triste se le llenaron los ojos de lágrimas, Bendith se arrodilló y le pidió a Zzipoo que se quedara dónde estaba, Zzipoo que no apartaba la mirada de su amada vio que al acerársele Bendith inmediatamente Nizza se secó las lágrimas pretendiendo disimular su tristeza, Bendith sin decir una palabra simplemente abrazó a Nizza por un largo momento dejando que desahogara su llanto, luego comenzó a conversar con ella, Nizza la escuchó con atención, sin duda le estaba explicando el mal entendido, luego de un corto tiempo Nizza cambió visiblemente su expresión de tristeza por una radiante cara de alegría, luego Bendith señaló a Zzipoo, seguramente diciéndole que él estaba allí observándolo todo, Nizza tímidamente se acercó a él y él a ella, entonces Zzipoo le dijo.

- Perdóname, sin querer te hice llorar.

Nizza simplemente se acercó a Zzipoo y le dio el beso más dulce que le habían dado en toda su vida.

- Te Amo Zzipoo, pero por ahora confórmate con este beso, porque el peligro todavía no termina.

Dijo Nizza.

- Apenas en este momento me estoy enterando por medio de Bendith de lo que está sucediendo, te ruego que me disculpes por precipitarme de esta manera.

Dijo Zzipoo visiblemente preocupado.

- Te acuerdas que te dije que mientras Teofrasto esté en peligro debemos de mantenernos neutros, es porque un error podría ser fatal no sólo para el niño, sino también para todos nosotros.

- Nizza te juro que yo creí que todo había terminado... Pero al margen de eso debo confesarte algo.

Dijo Zzipoo un poco cabizbajo, Nizza con una expresión de sorpresa y al mismo tiempo de confusión esperó ansiosa lo que Zzipoo tenía para decirle.

- Yo no puedo dejar de pensar ni un minuto en ti, tal es así que tengo serios problemas para concentrarme en mis tareas, creo que es una de las razones por las que jamás me enteré de lo que estaba sucediendo con Doto.

Dijo Zzipoo.

- Entonces con esto que acaba de pasar es más que suficiente para que me des la razón, debemos ser responsables y esperar, la misión en la que estamos no es un juego Zzipoo, está en riesgo la vida de todos, te ruego, si en verdad me amas te concentrarás en tus tareas...
¿Me puedes prometer que así lo harás?

Preguntó Nizza.

- Sí, claro que sí, te lo prometo, jamás te defraudaría.

Respondió Zzipoo.

– ¡Ya ves!, por eso es que te amo, por el ser tan noble que eres y el niño que aún vive en ti.

Dijo Nizza.

Zzipoo se ruborizó mientras Nizza, nuevamente lo besó.

Mientras tanto en el castillo de Maxilian...

- Pongan el caldero aquí en el centro... Bien, todos nos dispondremos alrededor, vamos a ir paso a paso haciendo todo en orden, no tiene que haber ni un sólo error.

Dijo Maxilian.

- Aquí está el homúnculo.

Dijo el híbrido.

- Tenlo en brazos para que no llore... Ya sabes que me irrita cuando llora, te lo pediré en un momento.

Respondió Maxilian.

Mientras, en las mazmorras del castillo Doto y sus soldados estaban completamente neutralizados con cinturones de poder amarrados en la cintura y anclados a la pared, Doto observaba con detenimiento el lugar y los posibles puntos de escape, después de meditar un momento comentó.

- No veo la forma en que podamos escapar de aquí, todo está sellado, no encuentro ninguna conexión con el exterior, trataré de llegar con mi energía hasta tu mano si lo logro pásala al próximo soldado, le dijo Doto a uno de sus subordinados.

Pero la energía que salía de la mano de Doto, hacia el próximo soldado, sólo hacía una curva en el aire y era absorbida nuevamente por su cinturón de poder.

- Es inútil el cinturón no dejará que unamos fuerzas.

Dijo Doto.

Mientras en el salón donde Maxilian estaba comenzando a realizar el conjuro, todo marchaba según lo planeado.

- Bien quiero que cada uno comience por tirar en el caldero un cabello o un pedazo de uña, háganlo ahora.

Dijo Maxilian.

Luego que los escogidos para el conjuro ejecutaron la orden de Maxilian, el híbrido acercó al homúnculo hasta la boca del caldero y con una tijera le cortó un cabello que cayó lentamente en su interior, juntándose con todo lo demás.

-Ahora todos procederemos a escupir dentro del caldero.

Dijo Maxilian.

Una vez que todos concluyeron con la orden impartida, Maxilian con una cucharilla extrajo de la boca del homúnculo un poco de saliva que luego dejó caer dentro del caldero.

- Bien ahora ejecutaremos el tercer elemento, el aire, todos deberemos soplar dentro del caldero, ¡vamos háganlo!

Una vez que todos concluyeron con la tarea impartida por Maxilian le tocaba el turno al homúnculo y he aquí el problema, como hacer para que el homúnculo sople.

- Como haremos para que sople el homúnculo.

Preguntó el híbrido.

- Tráelo y ponlo sobre la boca del caldero mirando hacia abajo yo le apretaré el estómago para que sople.

Dijo Maxilian.

- ¿Estás seguro?, ¿No lo lastimarás?

Preguntó el híbrido.

- No te preocupes tendré cuidado.

Respondió Maxilian.

El híbrido cumplió con lo que Maxilian le pidió, una vez posicionado el homúnculo sobre el caldero Maxilian le apretó el estómago, pero el homúnculo no sopló, al menos no por la boca, más bien lo hizo por el trasero, sacando un prominente y audible gas, todos se quedaron en silencio mirándose los unos a los otros, de pronto el híbrido comenzó a reírse y contagió a todos los demás, pronto la sala se llenó de las risas de todos, pero de repente Maxilian cambiando radicalmente de humor dijo.

- ¡Ya basta! esto no es un juego debemos continuar con el conjuro, tráelo nuevamente yo haré que sople.

El híbrido acercó nuevamente al homúnculo hasta la boca del caldero, Maxilian con dos dedos de su mano tapó la nariz del homúnculo y cuando no pudo respirar comenzó a exhalar e inhalar por la boca, ejecutando así un suave soplido cada vez que exhalaba el aire antes de comenzar a llorar.

- Listo, suficiente.

Dijo Maxilian al ver que logró exitosamente que el homúnculo soplara sobre el caldero.

- Bien ahora el último elemento ¡el calor!... Pero antes lo más importante, ¡nuestro transporte!, híbrido trae las nueces.

El híbrido solícitamente acudió con rapidez, trayendo la bolsa con las famosas nueces de Pará.

- Aquí están.

Dijo el híbrido.

- Bien ahora escúchenme con atención, después que ponga las nueces dentro del caldero, con excepción del híbrido, todos pondremos las palmas de las manos sobre la pared externa del caldero y comenzarán a imaginar que de sus manos emana un gran calor que hará hervir al caldero, ¿entendido?

Preguntó Maxilian.

Todos respondieron de inmediato con un ¡sí!, fuerte y claro, posteriormente Maxilian se dirigió exclusivamente al híbrido y le dijo.

- Híbrido, lo que harás una vez que todos estemos en posición será lo siguiente... Al homúnculo lo acostarás dentro del caldero, luego tomarás el libro de los conjuros y leerás en voz alta y clara, donde está marcado, mientras esparcirás sobre nuestras cabezas y dentro del caldero el polvo de hadas, finalmente te alejarás y esperarás a que el conjuro surta efecto, una vez que todos hayamos sido asimilados por las nueces, procederás a juntar cada nuez y las colocarás dentro de la bolsa que mandamos a confeccionar, posteriormente las llevarás y la depositarás en el camino de entrada a la casa de Wilhelm con las letras que dicen nueces de Pará visiblemente expuestas, a la hora de la salida de su trabajo, para que al llegar a su casa Wilhelm las encuentre, de ese modo penetraremos el campo de protección que tendieron alrededor de la casa de los padres de Teofrasto, sin que nadie se percate de nuestra presencia, ¿alguna duda?

- ¡No, claro que no! todo está muy claro.

Respondió el híbrido.

- Bien y con relación a todos ustedes que vendrán conmigo en esta misión, una vez que estemos dentro de la casa en el momento más apropiado nos desdoblaremos y comenzaremos con la tarea de cambiar al homúnculo por el niño Teofrasto, esto se deberá ejecutar con la más alta eficacia y rapidez; lo primero será desplazarnos desde la cocina donde seguramente pondrán las nueces hasta la habitación donde tienen al niño, luego de ejecutado el cambio saldremos en orden y rápidamente de la casa, ¿está claro?

Preguntó Maxilian.

Todos respondieron afirmativamente.

– Bien, híbrido ejecuta el conjuro.

 Ordenó Maxilian.

Mientras, en las mazmorras donde tienen confinado a Doto y a sus soldados, cansados de tanto tratar infructuosamente de liberarse de los cinturones de poder, todos se rindieron por el cansancio y se durmieron, en ese sueño profundo Doto, de alguna manera hizo que su mente se conectara con Belucina, quizás su preocupación y al mismo tiempo la tremenda sensación de impotencia fue lo que instintivamente lo llevó a tratar de buscar ayuda, Belucina, que continuaba en reunión con Danther, Anjana y Lara, percibió con total claridad la imagen de Doto que angustiado y desesperado luchaba por tratar de liberarse de su prisión, al final se detiene y gira su rostro maltratado, sudoroso y le dice a Belucina...

- ¡Ayúdeme!

Luego desapareció de su mente, al salir bruscamente de trance Belucina con el rostro completamente mojado, como si hubiera estado expuesta a un lugar extremadamente caluroso, abrió sus ojos y se quedó sin articular palabras mirando a la nada, de inmediato Danther preocupado le preguntó.

- ¿Belucina, se encuentra usted bien?

- Doto está en serio peligro, acabo de conectarme con el mentalmente y pude ver el lugar en donde los tienen, están amarrados a cinturones de poder al parecer en unas mazmorras, hay que darse prisa.

De inmediato Danther le dio la orden a Anjana de que buscara a sus soldados y partiera a rescatar a Doto antes de que fuera demasiado tarde, Anjana inmediatamente formó un remolino de aire y desapareció de la habitación.

Mientras en el castillo el híbrido comenzó a ejecutar el conjuro tal como le indicara Maxilian, luego de esparcir el polvo de hadas sobre todas las cabezas y dentro del caldero comenzó a recitar el conjuro con una voz muy potente.

- Fuerza creadora de la naturaleza, haz que la especie del nogal, fruto con vida latente absorba a los seres vivientes unidos al caldero, llévalos a su interior, ¡preña a las nueces con sus vidas, ahora!...

Luego que el híbrido pronunciara el conjuro le precedió un silencio total, después comenzó a temblar todo como si se tratara de un gran terremoto, del fondo del caldero comenzó a emanar una luz verdosa, el homúnculo se elevó del interior del caldero levitando al igual que las nueces que Maxilian había puesto, siguieron elevándose hasta que alcanzaron una altura muy por arriba de la cabeza del híbrido, luego se detuvieron y la estela de luz descendió cubriendo a todos los que estaban alrededor del caldero incluyendo a Maxilian, de pronto la estela de luz verde comenzó a girar muy despacio, hasta que poco a poco fue aumentando su velocidad y se transformó en un remolino de gran poder, las nueces que giraban flotando debajo del homúnculo comenzaron una a una a aumentar visiblemente su tamaño hasta alcanzar la medida de un hombre, después las nueces comenzaron a disparar haces de luces de diferentes colores que impactaban sobre las cabezas de todos los que estaban alrededor del caldero, uno a uno fueron absorbidos por las nueces, al final también absorbieron al homúnculo... Después de eso, súbitamente la luz que formaba el remolino desapareció, por un breve momento reinó una absoluta calma, seguidamente las nueces que todavía permanecían flotando en el aire comenzaron a reducirse de tamaño hasta nuevamente alcanzar su tamaño natural, un instante después se desplomaron y cayeron dentro del caldero, todos los participantes del conjuro habían sido absorbidos por la nueces a excepción del híbrido, lentamente y con precaución el híbrido se acercó para ver dentro del caldero, lo único que encontró fueron ocho nueces de Pará cómodamente alojadas en el fondo, se alejó del caldero y de inmediato corrió en busca de la bolsa de género que se había confeccionado especialmente para esta misión, con un cartel que decía en letras rojas "Nueces de Pará", agregó algunas otras nueces para mezclarlas con las que habían participado en el conjuro, luego extrajo las del caldero y las introdujo dentro de la bolsa, que lucía completamente llena...

Casi de inmediato se alistó para salir rumbo a la casa de Wilhelm, sólo echó un breve vistazo al viejo reloj de pared de la sala del castillo y exclamó.

- Ya casi es la hora de salida del trabajo de Wilhelm, debo darme prisa para poner a tiempo la bolsa de nueces en su camino sin que nadie me vea.

De inmediato con su mano hizo un circulo en el aire más o menos del tamaño de su cuerpo y apareció una puerta de energía de color púrpura, con suma rapidez se introdujo en ella y sorpresivamente desapareció y con él, la puerta.

Al mismo tiempo Anjana y un ejército de silfos rodearon el castillo, mimetizados en lo frondoso del bosque, a distancia observaban las paredes que rodeaban la fortaleza tratando de idear una estrategia que les permitiera someter a los guardias sin alertar a los demás, de pronto Anjana conversando con uno de sus capitanes dijo.

- Suban y formen en el aire un remolino de punta fina, que suba y que baje con facilidad, pero muy poderoso... Que sea capaz de succionar a un hombre rápida y silenciosamente, comenzarán desde el ala derecha del castillo y barrerán todos los estrados de la guardia que está al frente, luego avanzarán algunos de los nuestros para bajar el puente, una vez que el puente esté abajo tomaremos el castillo, en marcha y no olviden que el remolino por ningún motivo deberá tocar tierra, si lo hace se adherirá al suelo y ya no podrán elevarlo nuevamente, tienen que mantener muy estable la presión y el calor del aire para lograr esta misión... ¡Andando!

Más de mil silfos tomaron la forma de bolas de fuego y se elevaron hacia el cielo a una velocidad vertiginosa, en cuestión de minutos sobre el castillo comenzaron a condensarse gruesas nubes de color oscuro, como presagio de una fuerte tormenta, relámpagos y truenos estremecían el lugar, una copiosa lluvia comenzó a caer, pero a la altura del ala derecha del castillo comenzó a formarse un cono invertido de nubes que giraban a una gran velocidad, luego la punta del remolino se fue alargando hacia abajo hasta llegar a una altura cercana a la del adarve en el que caminaban los guardias que cuidaban el frente del castillo, una vez que el remolino se situó sobre la cabeza del primer guardia a una altura relativamente cercana para que no sintiera la fuerza de succión, la punta del remolino atacó bajando súbitamente, absorbió al guardia en cuestión de segundos sin darle tiempo siquiera de gritar, luego siguió con el próximo hasta que finalmente quedó toda la guardia frontal del castillo completamente desierta, los demás guardias nunca se dieron cuenta de lo sucedido debido a que la lluvia era tan torrencial, que no se veía casi nada a un paso de distancia, después que Anjana y el resto de los silfos vieron desde el bosque que el remolino se retiraba se dio la señal para que otro grupo de soldados avanzara; treparon los muros con una facilidad asombrosa hasta llegar al adarve y con sigilo aprovechando la poca visibilidad que provocaba la lluvia, descendieron hasta la guardia de piso que contaba con unos pocos y descuidados guardias, sometiéndolos rápida y silenciosamente procedieron a levantar el rastrillo y bajar el puente elevadizo, una vez que el camino de entrada al castillo estuvo asegurado Anjana y sus soldados avanzaron con precaución, penetraron al interior de la fortaleza y se apostaron en lugares estratégicos, por si alguien descubriera su presencia Anjana y un grupo de soldados se introdujeron por la puerta principal en busca de Doto, rápidamente bajaron al sótano basándose en la visión que había tenido Belucina que decía que estaban en una mazmorra, luego de hacer un reconocimiento rápido del interior del castillo encontraron la entrada al subsuelo, bajaron las escaleras y casi llegando al final comenzaron a escuchar las voces de guardias que conversaban, Anjana sigilosamente se asomó para observar y los vio tomando y comiendo sentados alrededor de una vieja mesa, eran cuatro guardias, de repente uno de ellos pidió que todos se callaran, se levantó de la mesa y avanzó hacia donde estaban Anjana y los suyos, su olfato al parecer era demasiado fino y alcanzó a percibir la presencia de alguien más, una vez que el guardia estuvo lo suficientemente cerca Anjana formó una bola de energía con su mano y se la arrojó, el impacto fue tan violento que lo estrelló contra la pared que estaba a su espalda, los otros guardias de inmediato quisieron reaccionar pero Anjana arrojó un artefacto como una pequeña caja de la cual salieron tres rayos de luz que se enroscaron en el cuello de cada guardia inmovilizándolos por completo, con todos los guardias sometidos inició la búsqueda de Doto, abrió celda por celda pero no había ninguna evidencia de que estuviera en esa mazmorra, de inmediato Anjana razonó.

- ¿Pero si no había nadie a quien cuidaban los guardias?

Por lo que decidió soltar a uno de ellos e investigar que sucedió con Doto, cuando estaba a punto de liberar al guardia un gemido y una voz muy tenue se escuchó pidiendo ayuda y provenía del subsuelo, comenzaron a seguir el sonido y vio que provenía de debajo de la mesa en donde estaban comiendo los guardias, de prisa

Anjana y sus soldados movieron la mesa y observaron que había una puerta en el suelo que daba a un subsuelo, procedieron a abrirla y bajaron con rapidez, ahí fue que encontraron a Doto y a sus compañeros tirados en el suelo muy desmejorados, los cinturones que les colocaron les absorbía la energía vital de sus cuerpos para que no escaparan, por lo que casi no podían ni hablar, Anjana al verlos inmediatamente ordenó a sus soldados que destruyeran la fuente de energía que alimentaban a los cinturones, al hacerlo de inmediato todos quedaron liberados, después procedieron a sacarlos de ese lugar sombrío y húmedo.

Una vez fuera Anjana extrajo una pequeña botella y vertió una gota de elixir en la boca de Doto, pronto recuperó su vitalidad y de inmediato Anjana comenzó con el interrogatorio.

- ¿Cuéntame Doto que está pasando, como fue que te atraparon? Se supone que sólo harías un trabajo de observación...
¿Qué es lo que salió mal?

– Anjana... Antes que nada gracias por venir a salvarnos, pensé que este era nuestro fin, hay algo que tienes que saber antes de contarte todo lo que sucedió.

Dijo Doto.

- ¡Adelante dime qué pasa!

Respondió Anjana.

- El homúnculo está vivo y está en poder del mago negro, el nombre del mago es Maxilian y ahora mismo tienen que estar introduciendo al homúnculo en casa de Wilhelm, intentan cambiarlo por el niño Teofrasto.

– Doto... Mírame y escúchame bien, ¿Estás completamente seguro de lo que me estás diciendo?

Dijo Anjana.

- ¡Por supuesto, amigo!, cuando descubrí por casualidad al homúnculo en la habitación del híbrido, la información que tenía era insuficiente como para regresar, Danther seguramente me habría enviado de regreso a buscar más información y la verdad entrar aquí está muy difícil, por lo que decidí quedarme a investigar aprovechando que el mago y el híbrido habían salido, nos metimos en su laboratorio a buscar información, pero no conté con que regresaran tan pronto y nos encontraron en plena investigación.

- ¿Bien y lograste encontrar algo que nos sirva para saber cómo actuaran?

Preguntó Anjana.

- Tengo toda la información, sé con detalles lo que harán, ¿qué hora es?

Preguntó Doto.

- Casi las cinco de la tarde.

Respondió Anjana.

- ¡Ya casi es hora de la salida del trabajo de Wilhelm, el híbrido pondrá la bolsa de nueces en el camino de entrada de la casa!

Comentó Doto.

- ¡Bueno quien o que cosa es ese híbrido y a que bolsas de nueces te refieres!, ¿estás seguro que no estás delirando Doto?

Dijo un tanto exaltado Anjana.

- No, no... ¡Vamos es tarde!, ya me siento mucho mejor, en el camino te explico quién es el híbrido y los detalles del plan que ejecutarán para cambiar al homúnculo por el niño.

Comentó Doto

De inmediato partieron rumbo a la casa de Wilhelm, mientras en las inmediaciones de la casa el híbrido estaba esperando su llegada, para asegurarse de que la bolsa de nueces que ya había depositado en el camino de entrada a la casa Wilhelm la encontrara y la introdujera dentro de su vivienda...

En efecto un instante después apareció caminando muy relajadamente Wilhelm que regresaba de su trabajo, con la natural fatiga de una larga jornada laboral Wilhelm entró en el camino que conduce a su casa, pero justo en el momento de encontrarse con la bolsa de nueces, como venía muy acalorado, se sacó su sombrero y con el antebrazo se limpió el sudor de la frente, lo que hizo que sus ojos estuvieran cubiertos por la manga de su camisa en el preciso instante en que debía ver la bolsa de nueces, así fue que pasó por sobre de ella y jamás la vio, el híbrido que oculto observaba desde la distancia, estaba casi montando en cólera al ver que se estaba perdiendo la oportunidad de que el plan resultara... Al menos por el día de hoy.

Wilhelm continúo caminando y cuando se colocó el sombrero nuevamente, una repentina ráfaga de viento, ¡muy comunes en los Alpes suizos!, le arrancó el sombrero de la cabeza y lo lanzó volando hacia atrás, cuando se dio vuelta para recogerlo, vio la bolsa de nueces, se acercó, tomó la bolsa y leyó el cartel pintado con letras rojas que claramente decía, "Nueces de Pará", con cuidado abrió la bolsa y efectivamente estaba llena de nueces, hizo una expresión de satisfacción, se dio media vuelta y siguió caminando con la bolsa llena de nueces en una mano, y su sombrero en la otra, entró a su casa y al entrar lo primero que hizo fue dirigirse a la cocina diciendo...

- ¡En el camino de entrada me encontré esta bolsa de nueces!, creo que se les cayó... Pero no había nadie en la cocina, dejó la bolsa con las nueces en una canasta con frutas, luego buscó en la sala, en las habitaciones, abrió la sala de reuniones y vio a Danther, Belucina y Lara reunidos y sin decir una palabra para no interrumpir cerró nuevamente la puerta, continúo buscando y cuando pasaba por la puerta que daba al patio trasero de la casa escuchó risas y carcajadas, por lo que de inmediato se dirigió hacia donde se escuchaban las voces, quería informarles lo que había encontrado en la puerta de entrada, pero dio con su esposa Elsa, con Bendith, Nizza y Zzipoo bañando por primera vez al aire libre a Teofrasto, ¡aprovechando que el día estaba bastante cálido!... Wilhelm al ver el ambiente tan felizmente familiar, se integró a la algarabía y se olvidó de las nueces, pero mientras ellos disfrutaban del momento familiar, Maxilian aprovechó para emerger de su escondite, la bolsa de nueces comenzó a inflarse hasta que se desgarró la tela por completo, las ocho nueces que contenían a Maxilian, al homúnculo y a los guardias que los acompañaban cayeron al piso y comenzaron a crecer una a la vez hasta alcanzar el tamaño de un barril, luego se abrieron levemente y de su interior emanó una luz verdosa, en el centro de esa luz comenzó a moverse algo como si fuera una serpiente de color rojizo con rayas negras, en cada una de las gigantescas nueces comenzó a pasar lo mismo, hasta que poco a poco todo comenzó a tomar forma, en la medida que la luz se iba extinguiendo, comenzaban a divisarse sus imágenes, al final todos quedaron parados con los ojos cerrados hasta que la luz se extinguió por completo, a excepción del homúnculo que continuaba acostado dentro de una de las mitades de nuez; un instante después Maxilian inhaló con fuerza aire como volviendo a la vida, cayó de rodillas al suelo al igual que los demás, todos respiraban con gran agitación como si hubieran contenido la respiración por demasiado tiempo, ya que Maxilian se recuperó, de inmediato corrió hasta donde estaba el homúnculo, lo tomó entre sus brazos, lo puso boca abajo, y comenzó a darle palmadas en la espalda, hasta que el homúnculo empezó a llorar con fuerza, desde luego que de inmediato le taparon la boca para que no lo escucharan, el homúnculo respiraba también con dificultad como les había sucedido a cada uno de los que participaron del conjuro; pero un momento después ya todos estaban normales, las cáscaras de nueces de inmediato retomaron su tamaño normal, seguidamente Maxilian sin pérdida de tiempo comenzó a desplazarse en busca del niño Teofrasto, intuitivamente se dirigió a la planta alta donde estaba la recámara de Wilhelm y Elsa, pero se desconcertó al ver la cuna de Teofrasto vacía, de inmediato bajó no tenía idea que pudo pasar por qué el niño no estaba en su cuna, de pronto al igual que le sucedió a Wilhelm, escuchó las risas y voces que provenían del exterior, giró su mirada hacia sus guardias y les dijo.

- Están afuera no deben vernos, vamos a

buscar un lugar donde escondernos, hasta que todo esté completamente en calma sacaremos al niño Teofrasto sin que nadie se dé cuenta.

Subieron nuevamente a la planta alta de la casa y buscando encontraron una puerta que daba a un viejo desván, estaba descuidado y polvoriento, Maxilian supuso que nadie frecuentaba el lugar, eso lo convertía en el sitio ideal para esconderse mientras llegaba la noche y todo mundo se durmiera, así que decidió que todos entraran y se alojaran dentro del desván; el tiempo transcurrió y la hora de dormir llegó por lo que cada quien se fue a sus lugares de descanso; sorpresivamente de pronto la puerta del desván se abrió y todos de inmediato se escondieron entre la diversidad de objetos existentes, Zzipoo sin sospechar nada de lo que estaba pasando entró porque ese es el lugar que el acondicionó para su descanso, apartado de todos encontraba la privacidad que necesitaba cuando quería estar solo, se detuvo unos pasos después de cruzar la puerta porque venía distraído buscando algo en el bolsillo sin fondo de su saco, de pronto la luz que el pasillo dejaba filtrar alumbró un sinfín de huellas marcadas sobre el piso polvoriento, cuando Zzipoo las vio de inmediato supuso que Wilhelm había encontrado su lugar privado y anduvo husmeando entre sus cosas, salió hecho un torbellino y cerró de un portazo el desván diciendo.

- Me va a escuchar, nadie se mete con mis cosas privadas.

Muy enojado Zzipoo se dirigió directamente a la habitación de Wilhelm para reclamarle su falta de respeto a su privacidad sin saber, que esta equivocación le estaba salvando la vida a él y a todos los de la casa, en especial al niño Teofrasto, cuando llegó a la habitación de Wilhelm entró sin anunciarse, completamente iracundo, Elsa que estaba cambiándose de ropa para dormir gritó al verlo entrar y Wilhelm de inmediato le dijo.

- Que modales son esos Zzipoo, no vez que hay una dama aquí adentro, debes de anunciarte tocando la puerta, ¡no puedes entrar así como así!

- ¡Que modales ni modales!, disculpa Elsa el problema no es contigo, pero el que no tiene respeto aquí eres tú Wilhelm, ¿Qué te pasa por que te metiste a husmear entre mis cosas en el desván?

- ¿En el desván?, ¡qué voy a andar buscando yo en el desván, jamás me meto en ese lugar todo lleno de polvo!, ¡no me digas que tú vives ahí!

- Si ahí vivo, ahora ya lo sabes, y no te hagas el desentendido que nadie más que tú estaría interesado en entrar a mi habitación, hace tiempo que quieres saber que informes doy al consejo de ti ¿verdad?

Al escuchar el escándalo Belucina, Danther, Lara, Bendith, Leila y hasta la misma Nizza, se asomaron a ver qué sucedía con tanto grito, hasta despertaron a Teofrasto que comenzó a llorar, de pronto Danther tomó la palabra y dijo.

– Bueno, bueno ya basta de gritos que están asustando al niño, ¿Qué está pasando aquí, por qué esta discusión?

– Wilhelm se metió a mi habitación a buscar entre mis cosas.

Dijo Zzipoo totalmente enojado.

- ¿Es así Wilhelm?

Preguntó Danther.

- Vuelvo a repetir, yo jamás entraría al desván, está todo lleno de polvo y yo no soporto el polvo, ¿Qué buscaría yo en el desván?

- Bien Zzipoo, ¿Por qué piensas que alguien entró a tu desván?

Preguntó Danther.

Pero antes de que Zzipoo respondiera se interrumpió el diálogo... Desde atrás alguien le tocó la espalda a Danther, se dio la vuelta y se encontró con Anjana que le dijo.

- Disculpe... Y les ruego a todos que me disculpen la interrupción, pero debo comunicarle algo de suma importancia Danther ¿Podemos hablar en privado por favor?

- Desde luego que sí, acompáñenos Belucina y también Lara si son tan amables.

Dijo Danther.

Se marcharon y descendieron a la planta baja, entraron en la sala de reuniones familiares y una vez que todos estaban sentados Anjana se dio media vuelta y dijo.

- Doto ya puedes salir.

Doto apareció de un costado y de inmediato comenzó a contar la novedad que era casi como una bomba diciendo.

- El homúnculo está vivo y tenemos serias sospechas de que ya está aquí adentro de la casa en este momento; a uno de los cómplices de Maxilian el mago negro, que se hace llamar el híbrido lo atrapamos aquí en las inmediaciones de la casa, está ya bajo custodia, tenemos que informarle también que la casa está completamente rodeada por fuerzas de los cuatro elementos, la situación reviste mucha seriedad, no quisimos sacar al niño de la cuna porque no sabemos si ya efectuaron el cambio, queríamos hacerle saber todo antes de ejecutar acciones, por lo que ahora estamos a la espera de lo que ustedes decidan hacer.

- ¿Cómo tienes la certeza de que es así Doto, que es lo que pasó en el castillo?, quiero saber detalles.

Pidió Danther.

- Danther cada minuto que pasa es vital tiene que confiar en mí.

Dijo Doto.

- Con el debido respeto Danther pero creo que Doto tiene razón.

Dijo Anjana.

- Está bien de inmediato traigan al niño aquí sea o no sea el verdadero y también a sus Papás, no les digan nada de lo que está sucediendo.

Doto de inmediato quiso cumplir la orden pero Anjana se lo impidió diciéndole.

- Tu quédate aquí Doto, ellos no deben saber que estas aquí, el plan del brujo es sacar al niño Teofrasto de incógnito y dejar al homúnculo en su lugar, si ellos se dan cuenta que estás aquí, asumirán que ya sabemos la verdad y al verse descubiertos podría correr peligro la vida del niño si ya está en su poder y las vidas de todos aquí, ese mago es bastante peligroso y si se ve acorralado aún más, así que yo iré y actuaré como si nada pasara, ¿Estamos de acuerdo?

- Adelante.

Dijo Danther.

Anjana rápidamente regresó sin despertar sospechas a la habitación donde todavía seguían discutiendo Zzipoo y Wilhelm, al llegar les dijo.

- Por favor tengo estrictas órdenes de Danther de que ambos tanto Wilhelm como Zzipoo vayan a la sala de abajo por que quiere hablar muy seriamente con ustedes, pidió que usted también baje señora Elsa y que se lleve al niño para que lo cuide, porque según Danther la charla será, ¡Bastante extensa!

- Pero es que yo no tengo nada que ver en la discusión de estos dos que siempre se están peleando.

Dijo Elsa enojada.

- La comprendo pero son órdenes y se deben de cumplir, lo lamento.

Respondió Anjana.

- ¿Pero después de la charla supongo que podremos volver a dormir, verdad?

Preguntó Elsa preocupada como presintiendo algo malo.

- ¡Oh claro! Desde luego que volverán para dormir Elsa despreocúpese.

Respondió Anjana con una sonrisa en el rostro.

Mientras Elsa con el niño Teofrasto en brazos, Wilhelm y Zzipoo, bajaban hacia la sala de reuniones de la casa, Maxilian observaba y escuchaba todo a través de la puerta ligeramente abierta.
Agazapado en el desván esperando el momento exacto para ejecutar su plan, Anjana se acercó a Lara y le dijo algo al oído antes de bajar, disimuladamente Lara tomó del brazo a Leila y se metieron en su habitación, luego de un rato Leila salió y le tocó la puerta a Bendith, la cual recibió a Leila y la invitó a pasar a su habitación, después de un momento Leila volvió a su recámara con Lara, Bendith pasó a la habitación de Nizza, un breve momento después Bendith y Nizza, salieron de su habitación y se fueron a la recámara donde estaba Lara y Leila, tocaron la puerta y salió Lara a atender, Nizza muy amablemente les dijo.

- La verdad que este pleito entre Zzipoo y Wilhelm me despertó el apetito, ¿No les gustaría acompañarnos tú y Leila a comer algo en la cocina?

- Desde luego Nizza siempre es un placer disfrutar de la exquisitez de tu cocina.

Respondió Lara.

Rápidamente entre conversaciones y risas bajaron todas hacia la planta baja, sólo que jamás se fueron a la cocina...
Todo fue una actuación para escapar de la planta alta sin levantar sospechas, cuando Anjana se acercó al oído de Lara lo que le dijo fue que estaban todas en peligro, que no hiciera gestos ni expresiones de preocupación y que bajaran lo más antes posible, inventaron la excusa perfecta y ahora estaban todos reunidos en la sala de juntas.

- La planta alta está libre y por lo que entiendo, los intrusos que irrumpieron en el lugar privado de Zzipoo es éste mago y en su poder tiene a Teofrasto o al homúnculo, a cualquiera de los dos, se escondieron en el único lugar al que nadie frecuenta, ¡Bueno con excepción de Zzipoo por supuesto!, ¡En el desván!

Dijo Anjana.

- Buen resumen de la situación Anjana, creo que llegó la hora de actuar.

Dijo Danther.

- Si pero existe todavía un inconveniente, si atacamos podemos poner en riesgo la vida de Teofrasto, el mago negro no se escapará es virtualmente imposible porque todo el perímetro de la casa está rodeado, pero si se ve acorralado tratará de dañar al niño antes de entregarse.

Dijo Doto.

- Les ruego que me expliquen a que se refieren, según entiendo ¿Existe la posibilidad de que este niño que traigo cargando no sea mi hijo?

Preguntó Elsa.

- Si Elsa pero no se alarme, ahora mismo saldremos de dudas, Teofrasto trae una señal que nadie puede falsificar, cuando llegué por primera vez y Teofrasto estaba al borde de la muerte, se decidió administrarle el elixir de la piedra filosofal para salvarle la vida, por lo que se hizo necesario poner en su frente, exactamente entre sus dos cejas, la marca de los seres etéreos, para que sea reconocido por todos los elementales a donde quiera que fuere, así que si me hace el favor Elsa de prestarme por un momento a Teofrasto, necesito corroborar algo.

Dijo Danther.

Elsa tímidamente le entregó el niño a Danther.

– Bien Anjana, manda a traer un duende silvestre del bosque, una ondina y un elfo por favor.

- Enseguida Danther.

Respondió Anjana.

- Pasaron pocos minutos y Anjana ya estaba de regreso con lo que Danther le pidió.

- Bien comencemos, acércate elfo dime que ves en el niño.

El elfo con precaución se acercó para ver al niño y bien lo vio sonrió, luego se alejó nuevamente, miró a Danther fijamente sin decir una palabra, entonces Danther le volvió a preguntar.

- ¡Dime que es lo que viste en el niño!

- No es un niño.

Respondió el elfo.

Al escuchar eso Elsa interpretó de qué habían cambiado a Teofrasto por el homúnculo, como estaban diciendo y rompió en llanto, Wilhelm al verla tan triste se acercó y la abrazó muy fuerte.

- Si no es un niño entonces que es.

Preguntó Danther al elfo.

- Es uno de nosotros, tiene la forma de un humano pero es uno de nosotros, lleva nuestra señal en la frente.

Al escuchar eso el llanto de Elsa se convirtió en una sonrisa, se soltó de Wilhelm y corrió a abrazar al elfo, le daba las gracias una y otra vez, el elfo sólo la miraba en silencio como no comprendiendo que pasaba con Elsa, de pronto Danther habló enérgicamente.

- ¡Orden por favor, orden!, Aún debemos escuchar a los otros elementales, Anjana haz pasar a la ondina por favor.

- En seguida Danther.

Exclamó Anjana, un momento después la ondina se hizo presente custodiada por Anjana, al entrar a la sala la ondina preguntó.

- ¿Cometí algún crimen, por qué me trajeron ante el consejo?

- No cometiste ningún crimen, la razón por la que estás aquí es para ayudarnos a esclarecer algo, ven acércate y dime que ves en el niño que tengo en brazos.

La ondina decididamente se acercó, lo miró e inmediatamente dijo.

- Ese no es humano, es como nosotros ¿Por qué?

- Es una historia un poco larga de contar pero lo que queríamos saber ya lo dijiste, muchas gracias ya te puedes retirar.

Finalmente Anjana trajo al último declarante, un duende del bosque al cual Danther le hizo la misma pregunta.

- Dime Duende, que vez en el niño que cargo en brazos.

El duende se acercó, miró al niño y se arrodilló ante él, a Danther le llamó mucho la atención la reacción del duende, entonces le preguntó.

- ¿Por qué te arrodillas delante del niño?

- Él es el eslabón que une, ambas naturalezas, la humana y la elemental... El ya no es humano aunque su imagen muestre que sí, su estructura es igual a la nuestra.

Respondió el duende silvestre.

- ¿Por qué sabes que pertenece a los elementales?

Preguntó Danther.

- Por el signo que lleva en la frente.

Respondió el duende.

- Ya puedes marcharte, gracias por tu ayuda... Bueno con estos testigos queda legalmente reconocido que este niño es el legítimo Teofrasto, por lo que creo que nada nos impide actuar, vamos a sacar a esos intrusos de esta casa.

Dijo Danther.

- Un momento, aunque el homúnculo sea un ser creado artificialmente no deja de ser inocente, no tiene la culpa de lo que intentan hacer con él, pienso que debemos tratar de rescatarlo de las maléficas manos de ese mago y criarlo nosotros, con una educación adecuada inculcándole buenos sentimientos será un ser honorable, no creo que la solución esté en aniquilarlo, como sea se trata de un ser vivo.

Dijo Bendith.

- Gracias Bendith por aclarar su posición, yo creo que tenemos el derecho de decidir y nada mejor que a través de una votación, que levanten las manos los que votan por que el homúnculo se quede con nosotros.

Dijo Danther.

Todos levantaron la mano, la decisión fue unánime.

- Bien entonces creo que lo que nos resta es ir a negociar la libertad del homúnculo

y la rendición incondicional del mago
negro.

Propuso Danther.

- Yo iré.

Dijo Anjana.

De inmediato Belucina también quería ir a
negociar, en fin todos querían enfrentar al
mago negro, deseaban participar en la
tarea de liberar al homúnculo, pero
Danther con relajada actitud tomó la
palabra y dijo.

- Nadie más que yo irá a negociar con
Maxilian, él no es alguien a quien debamos
tomar a la ligera, yo lo conozco bien y sé
de lo que es capaz, conozco la escuela de
la cual proviene y lo maligno que puede
ser, pero ahora no quiero hablar de eso,
luego les contaré, vamos a ver si está
dispuesto a rendirse sin pelear.

Danther se paró de la silla en la cual
estaba sentado y en la medida que se
incorporaba una reluciente y blanca
armadura comenzó a cubrir todo su
cuerpo y su báculo se convirtió en una
espada de doble filo con un mango labrado

en oro, todos quedaron atónitos jamás habían visto a Danther de ese modo, caminó unos pocos pasos y desapareció de la vista de todos, un instante después se escuchó una voz como de trueno que venía de la sala central de la casa.

– Maxilian... mago de la orden de los oscuros ya sé que estás aquí y te ordeno que salgas, la casa está completamente rodeada y cubierta por una capa impenetrable de energía elemental, aunque trates de escapar a través de portales mágicos o intentes hacer magia de translación corporal no te resultará, ¡la capa afecta las dimensiones paralelas!, no tendrás ninguna oportunidad de escape, así que lo más conveniente para ti será que te presentes ahora mismo para negociar tu rendición; al escuchar eso todos salieron de la sala de reuniones y se encontraron con Danther parado en medio de la sala central de la casa mirando hacia el balcón de la planta alta, como Anjana había comentado con relación a la invasión de la habitación de Zzipoo por lo que todo indicaba que estaban escondidos en el desván; Danther dirigía su mirada hacia ese espacio físico de la casa esperando una reacción del mago negro, mientras, en el interior del desván donde estaba escondido el mago negro y sus acompañantes

reinaban una total incertidumbre.
Maxilian no podía entender cómo es que la información de su presencia en la casa de Wilhelm se había filtrado, llegó a pensar que el híbrido lo había traicionado y otras mil cosas como esa, pero ninguna le parecía lógica, ya que hasta hace unos momentos todo estaba bajo control, pero jamás espero esta sorpresa, ¡tenía que pensar en una salida que le permitiera evitar su captura! porque si eso llegaba a suceder sería el fin de todos los planes de la organización a la cual servía y por ende a todos los privilegios de los cuales gozaba. Afuera la voz de Danther no cesaba llamándolo a que presentara su rendición incondicional, cosa que lo ponía aún más nervioso, comenzó a caminar impaciente de un lado para otro, pero de pronto surgió una idea desesperada, reaccionó de inmediato reuniendo a todos sus soldados y con el homúnculo en brazos Maxilian les dijo.

- Tengo un plan y quiero que me sigan hasta las últimas consecuencias, cuatro de ustedes se convertirán en mis dobles exactos, yo tomaré la forma del gnomo que entró a este desván hace un rato, se llama Zzipoo y al homúnculo lo dejaremos aquí recostado en esa vieja cama, cuando salga el primer doble se parará a mitad del pasillo cerca del barandal, lanzaré una gruesa cortina de humo la que aprovecharán los otros tres dobles para bajar y posicionarse en la planta baja, cuando ya estén listos atacarán en forma simultánea a Danther, el sin duda estará concentrado en el doble del balcón pero ustedes dos estarán a la derecha y a la izquierda y el tercero atrás, dispararán sus armas de energía al mismo tiempo... ¿Entendido?

Todos juntos contestaron como autómatas.

- Sí señor.

- Bien para los dos soldados restantes tengo una misión diferente ¡si sale bien!, tal vez logre escapar de aquí, escuchen con mucha atención, mientras los dobles mantienen ocupados a Danther, nosotros aprovechando la confusión, bajaremos y saldremos por la puerta de atrás de la casa... Yo saldré primero convertido en Zzipoo, correré como si me persiguieran, dejarán pasar un instante y saldrán detrás de mí, me dispararán con sus armas de energía, yo les contestaré lanzándoles bolas de energía de mis manos y luego caeré fingiéndome herido ¡si ellos reaccionan como pienso que lo harán!, tratarán de rescatarme, ¡esa será mi oportunidad!... ¿Alguna duda?

Preguntó Maxilian.

- No señor.

Respondieron los dos soldados.

- Entonces adelante.

Dijo Maxilian.

A cuatro de los soldados Maxilian los formó en línea delante de él, de pronto levantó sus dos brazos en alto, al mismo tiempo que en el centro de su frente se abrió un tercer ojo, mucho más grande que los otros dos, de un color rojizo profundo, con el que miró a los soldados lanzándoles un haz de luz que al tocarlos los convirtió en una réplica exacta de sí mismo, seguidamente abrió la puerta para que saliera el primer doble, después que éste traspasó la puerta Maxilian lanzó varias pequeñas esferas negras, que al tocar el piso de la planta baja explotaron produciendo un denso humo, en ese preciso momento saltaron hacia abajo los tres dobles restantes, confundiéndose con el humo se posicionaron como se había planeado, Maxilian con los dos soldados restantes aprovechando la confusión también saltaron hacia la planta baja y casi de inmediato se dirigieron a la puerta de atrás de la casa, Danther comenzó a girar su espada por sobre su cabeza y mientras la espada iba girando como si fuera una gigantesca aspiradora absorbió todo el humo existente en la sala, los dobles de Maxilian quedaron expuestos al desaparecer el humo, Danther que contaba con un escudo de protección de una energía transparente al cual no le penetraba nada, comenzó a recibir el impacto de los rayos que provenían de las armas de los dobles sin que le ocasionaran ningún daño, a continuación como primera réplica Danther lanzó su espada como si fuera una lanza y clavó al doble del balcón en el pecho contra la pared, de repente el doble se encendió como una antorcha y su luz comenzó a hacerse cada vez más intensa, hasta que de pronto se extinguió por completo, de su cuerpo sólo quedó un pequeño montículo de polvo negro en el lugar, mientras tanto, Maxilian ya convertido en Zzipoo salió corriendo por la puerta trasera de la casa hacia el patio y a mitad de camino se dio vuelta justo en el preciso momento en que sus dos soldados también salían, simulando que lo perseguían, comenzaron a dispararse mutuamente, Maxilian sacando bolas de energía de sus manos como lo haría un gnomo como Zzipoo y sus soldados disparando sus armas de energía, de pronto uno de ellos con un disparo le rozó la pierna al falso Zzipoo quien herido se desplomó y desde el suelo el doble de Zzipoo le disparó al soldado que lo hirió, matándolo en el acto, desde luego que eso le dio un aspecto de total veracidad, el otro soldado se quedó mirando a su compañero tendido en el suelo, sin entender por qué lo había matado, se suponía que sólo era un simulacro... ¡Pero conociendo a Maxilian!, era capaz de eso y más, haría lo que fuera con el fin de salvarse por lo que ni siquiera lo pensó y ejecutó al soldado restante en el momento, de ese modo los elementales que rodeaban toda la casa creyeron que se trataba de un enfrentamiento real y efectivamente los resultados de su actuación no se hicieron esperar, en ese preciso momento varios elfos y gnomos se lanzaron al rescate del supuesto Zzipoo, sacándolo a través de un túnel de acceso fuera del campo de protección de la casa, ¡Eso era precisamente lo que Maxilian buscaba que sucediera!.

Mientras dentro de la casa, Danther continuaba defendiéndose de los dobles de Maxilian, giró hacia los que tenía a sus costados, de su mano derecha salió una energía que se asemejaba a un lazo luminoso, al igual que el de la mano izquierda, los lazos rodearon los hombros de las dos réplicas de Maxilian, rápidamente comenzaron a ajustarse hasta que la presión de la energía emanada por Danther obligó a que dejaran caer sus armas al suelo, luego los jaló con mucha fuerza haciendo que se estrellaran en el aire el uno contra el otro, mientras la cuarta replica de Maxilian continuaba disparándole a Danther sin parar, pero ninguno de sus disparos lograban penetrar su defensa, hasta que Anjana le lanzó una descarga de energía de sus manos que lo dejó tendido en el suelo...

Afuera finalmente Maxilian se salió con la suya, logró engañar a los elementales, los elfos lo condujeron a un lugar donde atienden a los heridos, lo recostaron sobre una mullida cama de musgos y un elfo muy anciano que estaba encargado de administrar el néctar para curar las heridas lo recibió, cuando todos vieron que estaba a salvo en manos del viejo elfo, retornaron a sus puestos en el cinturón de protección que rodeaba la casa, bastó sólo el instante que el viejo elfo se volteó a buscar los elementos con que limpiaría las heridas del supuesto Zzipoo, para que éste desapareciera sin dejar huella alguna,

rápida y sigilosamente Maxilian buscando
la salida se topó casualmente con su
cómplice el híbrido, el cual estaba preso en
una cápsula interdimensional listo para
ser transportado al mundo paralelo de los
seres elementales, cuando lo encontró
Maxilian todavía simulando ser Zzipoo
miró a través de la escotilla de la cápsula,
el híbrido de inmediato se estrelló contra la
ventanilla del coraje al pensar de que se
trataba de un gnomo burlón, pero Maxilian
se acercó nuevamente a la ventanilla y
pasó su mano por delante de su propio
rostro y su cara real por un instante se
manifestó, cuando el híbrido lo vio
comprendió que se trataba de uno de los
tantos trucos de Maxilian, por lo que se
dispuso a ser liberado, el doble de Zzipoo
abrió la escotilla tan naturalmente como
abrir cualquier puerta, sacó al híbrido de
la cápsula y de inmediato juntos
emprendieron la huída, sólo caminaron
unos pocos pasos y desaparecieron
desvaneciendo sus cuerpos por completo
en medio de la noche que ya caía sobre
EINSIEDELN.

Mientras en el interior de la casa de
Wilhelm... Danther, Belucina, Anjana,
Doto, Zzipoo, Lara y Leila comenzaron la
tarea de investigación y revisaron toda la

casa en busca de más duplicaciones de Maxilian, al no encontrar nada, los dobles que sobrevivieron de inmediato fueron sometidos por Belucina a un proceso de eliminación del conjuro de duplicación ejecutado por Maxilian, con la esperanza de que uno de ellos fuera Maxilian pero la sorpresa fue que ninguno resulto ser él, por lo que en principio asumieron que se trataba del que había perecido en el balcón de la planta alta, entonces procedieron a asegurar a los soldados capturados, y la primera pregunta por parte de Danther fue.

- ¿Dónde está el homúnculo?

Pero los soldados de Maxilian fieles a su amo no quisieron decir nada, de inmediato al ver que no cooperarían Danther ordenó.

- Salgamos todos para informar a las fuerzas que rodean la casa que ya todo terminó ¡Anjana entregue a estos soldados para que sean transportados!

Al salir de la casa todo el grupo en el cual también se encontraba Zzipoo, se acercaron a un grupo de salamandras (hadas de fuego) y algunos elfos que habían cruzado el cerco de protección, uno de ellos llamado Anyaniro al ver a Zzipoo le dijo.

- Que bueno que te recuperaste pronto.

Zzipoo al no comprender de qué le estaba hablando le dijo.

– ¿Recuperarme, de qué?

- De las heridas que los soldados del mago negro te hicieron cuando te venían persiguiendo por detrás de la casa.

Dijo Anyaniro.

- Yo jamás salí de la casa, ésta es la primera vez ¿De qué me estás hablando?

Respondió Zzipoo molesto.

- ¡Como puede ser si yo mismo fui uno de los que te cargó para llevarte fuera del campo de protección para que te curaran!, te dejamos con el anciano elfo en la enfermería ¿Ya no recuerdas?

Replicó Anyaniro.

Zzipoo que para enojarse no había que buscarle demasiado, ofuscado respondió.

- ¡A este elfo que le pasa! está acusándome de algo que jamás hice.

Dijo Zzipoo ya casi a punto de perder los estribos.

Afortunadamente Anjana estaba cerca escuchando lo que decían y al ver que probablemente se trataba de un error de Anyaniro decidió participar de la conversación.

- Creo que te estás confundiendo con otro gnomo que se le parece a Zzipoo, porque te está diciendo la verdad, el jamás salió de la casa y me consta porque yo estuve con él todo el tiempo y muchos de los que estamos aquí te lo pueden ratificar.

Dijo Anjana.

Pero los elfos que estaban también pendientes del diálogo de Zzipoo y Anyaniro se acercaron y confirmaron que no había ninguna confusión, por lo que ante el hecho Anjana decidió llamar a Danther que estaba un poco más retirado dando instrucciones a unas salamandras con respecto a los soldados de Maxilian, cuando finalmente Danther se sumó a la reunión Anjana brevemente le comentó lo ocurrido, entonces Danther dijo.

-Llévenme con el anciano elfo enfermero.

De inmediato lo condujeron hasta el lugar donde está la enfermería, al llegar encontró al anciano elfo buscando a gatas debajo de todo el follaje que rodeaba la enfermería diciendo.

- Gnomo ya llevo tiempo buscándote sal de donde estés, prometo que no te haré sufrir de ningún modo, te curaré sin dolor, vamos sal de tu escondite.

- Disculpe anciano ¿A quién busca?

Preguntó Danther.

El anciano elfo lentamente se incorporó de su posición a cuatro pies y dijo.

– Bueno hace un rato me trajeron herido a un gnomo, pero cuando me di la vuelta a buscar mis elementos para curarlo... ¡Desapareció, creo que tiene miedo!

- ¿Me puede describir como era el gnomo al cual se refiere por favor?

En ese momento coincidió que venía llegando Zzipoo y se paró justo detrás de Danther.

- ¡Es ese que está parado detrás de usted!,
¿Dónde estabas?...
¡Te estuve buscando por un largo rato!

Dijo el anciano dirigiéndose a Zzipoo,
quien no hizo esperar su reacción y dijo.

- ¡Otro loco más!

De inmediato Danther regañó a Zzipoo
diciéndole.

- Zzipoo no le faltes el respeto al anciano,
él está diciéndote la verdad.

- Discúlpame Danther y usted tambіén
anciano ¡pero como que está diciéndome
la verdad si yo jamás salí de la casa!

Dijo Zzipoo.

- Paso a explicarme si me lo permites, el
Zzipoo que el anciano, los elfos y los
gnomos aquí presentes vieron eras tú pero
a la vez no eras tú.

Explicó Danther.

- ¿Cómo es eso de que era yo, pero que no
era yo, no comprendo?

Preguntó confundido Zzipoo.

- Era una ilusión óptica que Maxilian creó por medio de un conjuro llamado sustitución y gracias a eso logró escapar, en estos momentos ya tiene que estar arribando a su guarida.

Dijo Danther.

En ese preciso momento llegó corriendo un elfo y le dijo algo al oído a Anjana, de inmediato Anjana asintió con la cabeza mirando fijamente al elfo visiblemente contrariado, luego anunció lo siguiente.

- Me están informando que al parecer Maxilian en su huida también liberó a la criatura que era mitad sirena y mitad... En ese momento Doto interrumpió diciendo.

- Lo llaman híbrido, es una mezcla de ángel caído con sirena bastante peligroso.

- Bien al parecer no tenemos más nada que hacer aquí, transporten a los prisioneros al concejo de seres mágicos, todos los elementales pueden retirarse, dejen sólo la guardia alrededor del cinturón de protección; Anjana, llévate a tus soldados y persigue a ese mago negro, seguramente volvió a su castillo y si es necesario destruyes piedra por piedra ese lugar hasta encontrarlo, si está escondido ahí... Lo quiero de regreso ¿Entendido?

Dijo Danther bastante molesto.

- Entendido Danther.

Respondió Anjana y de inmediato se marchó.

- Bien nosotros volvamos a la casa que ya es tarde.

Dijo Danther.

Todos regresaron a la casa un tanto apesadumbrados al verse burlados por el mago negro que al final logró escabullirse y huir, pero al abrir la puerta encontraron parados en la sala de entrada de la casa a Wilhelm y a Elsa, cada quien cargando un bebé y con una expresión en el rostro mezcla de incertidumbre y alegría...

De inmediato Belucina preguntó.

- ¿Y de quién es el otro bebé?

Elsa despreocupada le respondió.

- Nosotros regresábamos a nuestra

habitación cuando escuchamos el llanto de un bebé proveniente del desván, desde luego que nos sorprendimos porque traíamos a Teofrasto en brazos y el único bebé en esta casa es él, así que la curiosidad nos llevó a abrir la puerta del desván y Wilhelm alumbró con su linterna el interior... Y ahí estaba, llorando sobre la polvorienta y vieja cama, nos dio mucha ternura al verlo indefenso y abandonado en ese cuarto, por lo que decidimos cargarlo y esperar a que ustedes regresaran... ¿Qué haremos con él?

- ¡Desde luego que ya saben lo que es un homúnculo!

Dijo Danther.

- No para ser franca no sé realmente que es.

Respondió Elsa.

- Bien, es un ser que fue creado artificialmente, los homúnculos no poseen alma, pero si se les educa en un hogar con amor y buenas costumbres, es posible convertirlo en una persona útil para las múltiples tareas de la casa, está en ustedes la decisión de que se quede, como se había determinado por medio de la votación que hicimos... ¿Recuerdan? o si deciden lo contrario, nos lo llevaremos con nosotros.

Dijo Danther.

- Es verdad que esta criatura es inocente como dice Bendith, carece de maldad y va a depender de como se le crie, pero también es cierto que es idéntico a Teofrasto y no quisiera en el futuro tener más problemas con otro intento de sustitución en contra de mi hijo, así que si tú Elsa, estás de acuerdo y aceptas, me gustaría que se quedara, lo prefiero aquí con nosotros para estar tranquilos...

Dijo Wilhelm

- ¿Qué dice Elsa, está de acuerdo?

Preguntó Danther.

- No tengo inconveniente de que se quede en casa siempre y cuando me ayudes con los quehaceres Wilhelm... ¡Ya serían dos!

Dijo Elsa sonriendo.

Wilhelm de inmediato dibujó una amplia

sonrisa en su rostro lleno de alegría y asintió con la cabeza a la petición de Elsa, al tiempo que todos se acercaron para conocer al nuevo integrante de la familia.

Al final no todo salió mal, la alegría y el calor de hogar nuevamente reinaban en la casa de Wilhelm, por fin, al parecer el peligro ya había desaparecido totalmente, todos comentaban y daban ideas de cómo se llamaría, como lo vestirían, en fin una lista interminable de detalles...
Pero, en un rincón... Dos están unidos en un beso para siempre, finalmente Nizza le dijo que si a Zzipoo, poco a poco todos se fueron dando cuenta de lo que acontecía con los enamorados, hasta que se llenó el ambiente de un exquisito perfume, polvo mágico de hadas caía como chispas de colores en toda la sala, era la señal inequívoca de que un gran amor finalmente se había concretado, juntamente un bello brote de muérdago nació suspendido justo sobre la cabeza de los flamantes novios, todos vitoreaban su unión, de inmediato Danther y Wilhelm propusieron un brindis en honor a la nueva pareja...
Doto fue el primero que se acercó a felicitarlos y es así que desde fuera de la casa a través del cristal de las ventanas,

las estrellas y la luna llena coronaban la noche de un inusual esplendor, mudos testigos de ese maravilloso momento de felicidad, en la ahora segura y feliz casa de Teofrasto.

Fin del primer libro.

www.ingramcontent.com/pod-product-compliance
Lightning Source LLC
Chambersburg PA
CBHW031248170626
46807CB00001B/38